新婚旅行と旦那様の憂鬱

〈上〉

Michiru Fushino
椹野道流

CHARADE BUNKO

Illustration

金ひかる

CONTENTS

登場人物紹介

ハル

ウィルフレッドの伴侶兼料理人見習い兼助手。料理人になる夢を捨てられず孤児院を出たところを騙され、男娼として働かされていた。生粋のマーキス人にはない象牙色の肌と黒髪・黒目は、ウィルフレッドと出会うまではコンプレックスの対象だった。どうやら異国の血が関係しているようで…？昼夜問わず、ウィルフレッドにふさわしい奥方様となるべく修業中。

ウィルフレッド・ウォッシュボーン

北の国ノルディ出身の検死官。高い身分と凄腕外科医の腕を持ちながらも、陰鬱かつ過酷な職に自ら就いた変わり者。銀髪に暗青色の瞳という容貌も相俟って、人々からは「北の死神」と呼ばれるように。勤勉・誠実・清廉の堅物で、それ故に求愛は一直線。ハルへの想いを聞いてしまった周囲を常に赤面させている。
目下の悩みはハルとの年の差。

STORY

海上交易の要にして漁業・観光と多角的な発展を遂げる港町マーキスは土地柄、犯罪が増加していた。そのマーキスで唯一の検死官ウィルフレッドは、事件に追われる中、孤児院出身の男娼・ハルと出会う。身分を越え、絆を深め合っていく二人。けれどいつも事件がつきもので…？

キアラン

フライトの伴侶にして、ハルの世話係兼家庭教師。要人を相手にしていた高級男娼時代には、ボディーガードも務めたというハイスペックな人物。時にはハルに、夜のお作法を教え込もうとすることも…。

ジャスティン・フライト

ウォッシュボーン家の頼れる切れ者執事。四十代だが、三十半ばにしか見えない色男。かつて奉公先で不祥事を起こし解雇され、男娼のヒモだったという経歴の持ち主。主人の堅物っぷりに頭を抱えつつも、家庭円満を願ってやまない日々。

エドワーズ警部

マーキス警察屈指、現場叩き上げの熱血漢。貧乏育ちという境遇と仕事熱心なところで相通ずるものがあるのか、ウィルフレッドとよく気が合う。ハルの度胸と勘の鋭さには、一目置いている。

一章　休めない人々

西の大国アングレ。その第四の都市であり、かつては独立した島国だったマーキス。

はるか昔から海上貿易で栄え、発展し続けてきた王国は、無用の戦火を避けてアングレに降ってからも自治権を保有し、独自の文化や生活様式をいまだに守っている。

エキゾチックで活気溢《あふ》れる港町の雰囲気がアングレ本土の人々に受けて、今や観光もマーキスの一大産業になりつつあった。


そんなマーキスの高級住宅街ニュータウンの一角に、ウィルフレッド・ウォッシュボーンの屋敷がある。

北の国から流れてきた異国人にもかかわらず、ひょんなことから知り合ったマーキス市議会議長を身元保証人に持つ彼は、生まれながらの貴族とほぼ同じ待遇を受けられる上級市民の称号を得、社交界に出入りする権利を与えられている。

それより何よりウィルフレッドを有名にしているのは、彼の職業だった。

医師でありながら犯罪死体ばかりを扱う陰鬱《いんうつ》な業務内容に加え、日夜を問わず、警察と連携して動かなくてはならない過酷な環境が災いして、マーキスの検死官の職は長年空席が続いていた。

そんな不人気な職を、ウィルフレッドは少しも躊躇《ためら》うことなしに選んだのだ。

急病に倒れた議長夫人の命を救い、凄腕《すごうで》の外科医として鳴り物入りで診療所を開けたはずの異国人の奇行に、マーキスの人々は驚きを隠せなかった。

その上、ウィルフレッドは、雇い主の奥方と懇《ねんご》ろになって解雇されたという悪名高い色男ジャスティン・フライトを執事に迎え入れ、華やかな社交界には見向きもせず、仕事に明け暮れる日々を送り始めた。

身分のわりに小さな屋敷に住み、使用人と同じものを食べるという質素な暮らしぶりもさることながら、頑《かたく》なに生まれ故郷の髪型や服装を守り、マーキスにも、そこに住む人々にも馴染《なじ》もうとしないウィルフレッドを、人々は好奇の目で遠巻きに見ているばかりだった。

そんなウィルフレッドが再び社交界の人々をあっと驚かせたのは、彼がなんの前触れもなく、人生の伴侶《はんりょ》を披露したことだった。

しかも、これまでどんな上流階級の娘たちを紹介されても見向きもしなかったウィルフレッドが選んだのは、彼と同様に異国人の、しかもマーキスの孤児院育ちの少年だった。

象牙《ぞうげ》色の肌に黒髪と黒い瞳《ひとみ》を持つその少年の名は、ハルという。

孤児院を出てすぐに悪人に騙《だま》され、男娼《だんしょう》に身を堕《お》とした彼は、ウィルフレッドに救われ、彼の屋敷で料理番見習い兼検死官助手として働くことになった。

忙しい日々の中で、ウィルフレッドとハルは互いに惹《ひ》かれ合い、そんな中、ハルの素性を巡る大事件が起こった。理由もわからず殺し屋につけ狙《ねら》われる日々の末、ハルの生まれ故郷は東の島国チーノであり、ハルは死んだことにされ、密《ひそ》かにマーキスで育てられた第一王子だったと判明したのだ。

しかし、迎えに来た忠臣の、国に戻ってほしいという誘いを、ハルはさまざまな葛藤《かっとう》を乗り越えてきっぱりと断り、マーキスに残った。

夢にまで見た故郷と、故国での第一王位継承者の地位を捨ててウィルフレッドを選んだハルと、そんなハルを生涯守ると心に誓ったウィルフレッド。

二人はマーキスを永住の地と決め、この地で結婚式に当たる「帯の儀」を執り行って、正式に人生のパートナーとなったのだ。

一連の騒動の中で、ハルとウィルフレッドだけでなく、彼らと執事のフライト、そしてフライトの恋人である元高級男娼のキアランとの絆《きずな》も、強固なものとなった。

生まれ故郷を遠く離れたマーキスで、ウィルフレッドとハルは、初めて心を許せる仲間と、穏やかな日々を手に入れたのだった……。

ウィルフレッドとハルが「帯の儀」と、それに引き続く盛大な披露宴を済ませてから、三ヶ月後のある朝。

「ふわーあーあーあー、おはようございます、奥方様。今朝《けさ》もお早いですね」

両手を容赦なく上げ、思いきり伸びと欠伸《あくび》を同時にしながらキッチンに入ってきたキアランに、ハルは苦笑いで挨拶《あいさつ》を返した。

「おはよ。ってか、態度と口調が一致してねえぞ、キアラン」

「や、一応、挨拶くらいはそろそろ堅苦しいやつに慣れてもらおうと思ったりもしてんだけど……まあ、まだいいか。はー、それにしても眠い眠い。お前ってば、朝がホントに早いんだもの、ハル。僕は起き出すだけでせいいっぱいだよ」

「だから、寝坊してくれても構わないって言ってるじゃん」

「そうはいかないよ。僕は、奥方様つきの使用人なんだからね。これでも仕事には手を抜かない主義なんだ。まずはお前の身支度。僕のはそのあとだよ」

いつも大輪の花のように着飾っているキアランだが、ハルの世話係兼家庭教師の職を得てからというもの、朝は必要最低限の身支度しかしていない。今朝も、ご自慢の輝くような金髪を、うなじで簡単に結んだだけだ。

「俺の身支度なんて、たいして時間も手間もかからないのに」

「確かに。お前ときたら、放っておいても肌の肌理《きめ》は細かいし、髪はつやつやだし。妬《や》けちゃうねえ、ホント。僕なんか、ちょっと寝る前にチョコレートを摘んだだけで、翌朝に吹き出物が出て死にそうになるってのにさ」

「何言ってんだよ。寝る前にそんなもん食うからだろ」

ハルは言い返しながら鍋《なべ》をかき回す。その中をヒョイと覗《のぞ》き込んで、キアランは呆《あき》れ顔になった。

「まあ、そうなんだけどね。……それはそうと、今日は朝っぱらから豆料理かい？」

キアランが覗き込んだ深鍋の中ではブイヨンがぐらぐらと煮立ち、鮮やかな緑色の豆が気持ちよさそうに踊っている。

「うん。豆のスープを作ってるとこ。今朝は肌寒いから、身体《からだ》が温まるものを朝に食べるのもいいだろうと思って」

「そりゃいいけど、またけっこうな田舎料理だね」

「ウィルフレッドのリクエストなんだ。豆の他《ほか》は、ハムの切りくずとネギを入れただけの凄くシンプルなやつ。そんで、いいバターでカリカリに揚げたクルトンをたっぷり添える」

ハルは照れつつも嬉《うれ》しそうにそう言ったが、キアランは困り顔で肩を竦《すく》めた。

「やっぱり旦那《だんな》様のご希望かい。芋だの豆だの、相変わらず安上がりなお人だよ。その気になれば、たいがいの贅沢《ぜいたく》はできるお立場なのに」

「そこがウィルフレッドのいいとこなんじゃん。ていうか、俺はそういう頑固なとこ、嫌いじゃないよ」

「そりゃお前はね。でも、僕とジャスティンとしちゃ、自分たちのほうがすべてにおいて贅沢してるみたいで、ちょっと申し訳ない気がしちまってさ」

「あはは、こないだのこと、まだ気にしてんのかよ」

「まあ、さすがにあんなことがあっちゃね」

キアランは珍しくきまりの悪そうな顔で、長い金髪の先を指に絡めた。

現在、フライトとキアランは、屋敷裏手の離れを与えられ、ウォッシュボーン邸の敷地内で生活している。

離れは改築したばかりということもあり、また執事カップルの派手好みも手伝って、外観といい内装といい、ウィルフレッドたちが住む母屋よりずっと豪華な住まいに見えてしまうのだ。

先日、ウォッシュボーン邸を初めて訪問した市議会副議長が、離れと母屋を間違い、さらに離れの前の畑でハーブを摘《つ》んでいたハルを使用人と間違えるという事件が起こり、それ以来、キアランはそのことを少し気にしているらしいのだ。

副議長は平身低頭で冷や汗を掻《か》いていたが、ウィルフレッドは平然と受け流したし、ハルも別段腹を立てたりはしなかった。だからハルは、あっけらかんとした笑顔で言った。

「らしくねえぞ。いいじゃん、俺たちは俺たちらしく、フライトとキアランは二人らしく暮らせばいいんだし。他人がそれをとやかく言うことじゃないよ」

「そりゃそうなんだけどね。……ま、いいか。旦那様にも気にするなってお言葉を頂戴したしね」

「そうそう。それより、ちょっと味見してほしいもんがあんだよ。昨日焼いて、一晩落ち着かせてみたんだけどさ」

そう言いながらハルが棚から下ろしたのは、リンゴをたっぷり入れたケーキだった。型の底に敷いたリンゴは表面がカラメル化して黒ずみ、お世辞にも見栄えがいいとは言えないが、甘酸っぱく香ばしい香りが食欲をそそる。

「わっ、真っ黒じゃん。これ、失敗作じゃないのかい？」

「違う……と、思う。ウィルフレッドが翻訳してくれた北の国の料理の本に、このケーキがあったんだ。実物を見たことも食べたこともないけど、間違ってはいないはずだぜ」

「でも、なんだか消し炭みたいな見てくれだねえ」

「そうなんだよなあ。だからこそ、ウィルフレッドに出す前に試食してくれよ。端っこ切るから」

そう言うなり、ハルは返事も待たずにケーキにナイフを入れる。薄くスライスした一切れを渡され、キアランはいかにも気乗りがしない様子で、それを頬張《ほお》った。二度、三度と咀嚼《そしゃく》するうち、美しい緑色の目が見開かれる。

「おや、これ旨《うま》いよ、ハル。見かけは消し炭みたいで酷《ひど》い有様だけど、味は傑作だね。リンゴとカラメルがよく合うし、一晩寝かせたおかげで、下のスポンジにもリンゴの果汁が染み込んでしっとりしてる。カラメルの苦みが利いて、甘すぎないのもいい。あとを引く感じ」

「ホント？　じゃあ俺もちょっとだけ……あ、ホントだ。旨い。これなら、ウィルフレッドに出しても大丈夫だな。みんなのお茶にも」

「ああ、きっと旦那様はお喜びになるだろうさ。……でもね、ハル。旦那様に尽くすのはいいけど、悪いことは言わないから、もう少しゆっくりしなよ」

キアランの気遣わしそうな声に、ハルはキョトンとする。

「へ？　ゆっくりって、なんで？」

「なんでって……まあお前はさ、元から働き者だし、孤児院を出てからずっと波乱続きだったせいで、余計にわかんなくなってるのかもしれないけど」

「？」

なんのことだかわからないといった顔つきのハルに、キアランは珍しく困り顔で言った。

「つまりさ。傍《はた》から見れば、馬鹿げて働きすぎなんだよ、お前」

「そんなことないよ。ただ俺が、料理人としてもウィルフレッドのパートナーとしても、要領が悪すぎて時間がかかるだけで」

「お前は十分よくやってる。お前以外の全員がそう言うだろうし、実際そう思ってるさ。お前の理想が高すぎるだけだ」

「んなことないって。らしくねえぞ、あんたが俺のこと、そんなふうに褒めるなんてさ」

「褒めるさ。お前みたいな働き者、見たことないからね。……とにかく、ホントに少し休みなよ。今朝は少し顔色悪いよ、お前」

「気のせいだってば。ほら、それよか早く朝飯の支度しないと……ッ？」

ケーキの焼き型に再び覆いをかけて棚に戻そうとしたハルは、不意によろめく。それでも型を離そうとしないハルを、キアランは慌てて抱き留めた。

「危ないっ」

「あ……ご、ゴメン。なんかちょっとクラッと来て」

自分の身体でハルを支えたまま、片手で焼き型を取り上げて調理台に置いたキアランは、小さく嘆息した。

「だから言わんこっちゃない。若いからって油断してちゃ駄目だよ、ハル。休むときはきっちり休まないと」

「……うう……」

悔しそうに口ごもるハルの頭をさらりと撫《な》で、キアランは微苦笑した。

「ま、無理すんなっていうのが、お前にとっちゃ無理になるのかもだけどね。だけどお前が倒れたら、旦那様がどんなに心配なさるか、想像しただけでゾッとするだろ」

「それは、うん、それはもう前科があるだけに」

ハルはゆっくりとキアランから身体を離しつつ、気まずげに頷《うなず》いた。

かつて、自分が勘違いの末に癇癪《かんしゃく》を起こし、ウィルフレッドと口論の挙げ句、屋敷を飛び出したときのことを思い出したのだ。ヤケになってならず者たちとトラブルになり、死線を彷徨《さまよ》うような酷い目に遭った。

そのとき、ならず者たちの溜《た》まり場からハルを助け出してくれたのがウィルフレッドなら、寝る間も惜しんで看病してくれたのもウィルフレッドだった。看病疲れで、死にかけていた自分より青白くやつれきった顔をしていたウィルフレッドのことを思い出すと、ハルの胸は今でも罪の意識で締めつけられる。

そんな思いが顔に出ていたのだろう。キアランは、悪戯《いたずら》っぽく笑って、ハルのやわらかな頬をつついた。

「ジャスティンから、そんときの話は嫌ってくらい聞いてるよ。当時ですらそんな有様だったんだ、今お前に何かあったら、旦那様は確実に死んでおしまいになる。だから、旦那様を大事に思うなら、お前も自分を大事にしなきゃね」

「キアラン……」

「わかったら、朝食の支度をさっさと済ませて、少し部屋でゆっくりおし。しばらくやってなかったから、今朝はローズマリーのオイルでマッサージしてあげるよ。きっとリラックスして、一日元気に過ごせる。ね？」

「……ん」

自分つきの使用人というよりは年上の友人として気遣ってくれるキアランに、頑固なハルもようやくこっくりと頷いたのだった……。

その夜。

「……旦那様」

書斎で読書に没頭していたウィルフレッドは、背後から突然聞こえた執事の声に、椅子《いす》から小さく飛び上がった。

「フ、フライト⁉　いつの間に」

「驚かせてしまい、申し訳ありません。何度もノックいたしましたがお返事がありませんでしたので、入らせていただきました。お許しください」

慌てて平静を取り繕おうとする主《あるじ》に、執事は涼しい顔で慇懃《いんぎん》に一礼して詫《わ》びた。

「いや……そ、その、すまん。新しく読み始めた医学書が面白くてな。つい熱中していた。それで、なんの用だ？」

「また根を詰めていらっしゃるのではないかと思い、こちらをお持ちいたしました」

そう言って執事が机の上に置いたのは、脚の短いリキュールグラスだった。よく本から目を離さず、手探りでグラスを取ろうとして床に落としてしまう主のため、フライト自身があちこち探し回って買い求めた安定のよい品だ。

「これは？」

グラスに満たされた淡い緑色がかった液体に興味を惹かれたのか、ウィルフレッドは机の上に本を広げたままフライトの顔を見上げた。

「出入りの酒屋が、珍しく旦那様のお国のお酒が入ったからと持ってまいりました。香草とハチミツのリキュールだそうです」

「本当か？　確かにこの色には見覚えがあるが……」

少し驚いた様子でウィルフレッドはグラスに手を伸ばした。いかにも医者らしい仕草で匂《にお》いを確かめ、少量を口に含む。じっくり味わって飲み下し、息を吐いたとき、いつもは固く引き結ばれた口元に小さな笑みが浮かんでいた。

「懐かしい香りと味だ。ハーブの爽快《そうかい》な香りが鼻に抜ける。国にいた頃、このリキュールがよく寝酒に出されていた」

フライトは意外そうにごくわずかに眉《まゆ》をひそめる。

「おや？　旦那様にはベッドでお酒を召し上がる習慣がおありでしたか？　これは重ねて失

礼いたしました。早速今夜からでもご用意を……」

不手際を詫びる執事を、ウィルフレッドは軽く片手を振って制した。

「いや。当時は色々思い悩むことがあって、張りつめた神経を緩めるのに酒の力が必要だっただけだ。今は、そんなものは必要ない」

「ああ、なるほど。寝酒よりも安らかな眠りに旦那様を誘う方が、お傍《そば》にいらっしゃいますからね」

気障《きざ》な物言いで主をからかう執事に、ウィルフレッドは大真面目《おおまじめ》に頷く。

「まったくもってそのとおりだ。ハルがいてくれれば、何があっても心穏やかでいられる気がする」

「……さようで」

無骨で言葉遊びなど知らないウィルフレッドは、のろけるときも手加減しない。あまりにもストレートな主の言葉に、さすがのフライトも返す言葉が短くなる。

「どうかしたか?」

自分が言った言葉の気恥ずかしさなどには気づかず、ウィルフレッドは執事の微妙な相槌《あいづち》に怪訝《けげん》そうな顔をした。フライトは、慌てて小さく咳払《せきばら》いし、話を切り出した。

「いえ。その……お伝えしたいことがあるのですが、はたしてわたしがお話ししてよいものかと逡巡《しゅんじゅん》しておりましたもので」

「逡巡？　なんだ？　今さらお前が躊躇うような話題はないだろう」

「は、しかし、執事としても、これはさすがに僭越《せんえつ》かと思いまして」

どんなことでもズケズケ言うフライトが珍しく歯切れの悪い物言いをするのを聞き、ウィルフレッドは眉根を寄せた。そうすると、端整な顔に途端に厳しさが増す。

「僭越？　それこそ今さらだな」

「それはあんまりなおっしゃりようでございますよ」

「すまん。だが、いったいなんだ？」

「その、ハル様のことなのですが」

世話係のキアラン同様、「帯の儀」のあとも、奥方様になったハルにこれまでどおりの言葉遣いを続けているフライトだが、ウィルフレッド相手にハルの話をするときには、きちんと敬称をつける。

最初はむしろそれに違和感を感じていたウィルフレッドも、最近ようやく慣れてきた。

「ハル？　あれがどうかしたのか？」

訝《いぶか》しげな主に、フライトは言いにくそうにこう切り出した。

「キアランが申しておりました。旦那様と帯の儀を執り行い、奥方様になって三ヶ月、さすがのハル様もずいぶんとお疲れになっているようだと」

「……ハルが？　俺にはそんな素振りは見せないが」

「旦那様の前では、相変わらず元気いっぱいに振る舞っておられるのでしょう。ですが、旦那様に恥を掻かせまい、旦那様のお役に立とうと、傍目にもハル様はいつも必死でいらっしゃいますよ。痛々しいほどです」

「……そんなにか?」

「慣れない社交界のしきたりや上流階級の方々の振る舞い方をキアランに習う一方で、屋敷内のこまごましたことを取り仕切れるようになりたいとおっしゃるので、わたしも少しずつ会計関係のことをお教えしています。そのくせ、これまでと同じように厨房《ちゅうぼう》の仕事はこなしたいと思っておいでのようですし、旦那様の検死のお仕事にも同行なさっていらっしゃいます。正直、息つく暇もないというのはこのことではないかと」

「言われてみれば、確かにそうだな。屋敷の内外、どこにいても、何をしていても、あいつが傍にいる」

自分が極めてタフなだけに、他人の奮闘ぶりには今ひとつ鈍いらしき主に、フライトは小さく嘆息して言葉を継いだ。

「無論、ハル様はまだお若いこともあり、今すぐに限界が来るというわけではないと思いますが、こんなご無理がいつまでも続くものではないでしょう。キアランの前では、時折疲れた顔をお見せになるそうですから。先日も、あまりにも入浴が長いのでバスルームを覗いたら、バスタブの中で眠り込んでしまっておいでだったとか」

「そんなことがあったのか。それはいけないな」

ウィルフレッドは少し困惑した面持ちでしばらく考えてから、呟《つぶや》くように言った。

「すべて順調なのだと思っていたから、あえて今の暮らしはどうだと訊《たず》ねたことはなかった。だが、一度じっくり、そのあたりの話をしてみるべきだな」

「はい。それがよろしいかと」

「だが、無理をするなと言って聞く奴でもあるまい。どうしたものか」

「それですが……僭越の上塗りとは思いつつ、妙案がございます」

「妙案？」

「はい。キアランと共に考えてみたのですが……」

フライトは上体を屈《かが》め、室内に二人きりだというのに、秘密めいた低い声を出す。じっと耳を傾けていたウィルフレッドの厳しい顔に、執事の提案に満足していることを示す小さな微笑が、ゆっくりと広がっていった……。


その夜。

「ふわあ……って、あれ、ウィルフレッド。ベッドに入ってなかったのかよ」

寝間着に着替え、欠伸をしながら寝室に入ってきたハルは、いつもは床の中で読書しているウィルフレッドが、ガウン姿のままでベッドに腰かけているのを見て目を見張った。

「横になると眠くなってしまうからな」

「先に寝てくれていいのに。疲れてるんだろ？」

「それはお前とて同じだろう。いつも、お互いくたびれてすぐに眠ってしまうからな。今夜は、少しお前と話がしたいと思ったんだ。嫌か？」

「嫌なわけないじゃん」

ハルははにかんだ笑みを浮かべ、ウィルフレッドの隣に腰を下ろした。そんな「奥方」の小さな肩に、ウィルフレッドはガウンを着せかけてやる。

ふとハルの頭に鼻を近づけたウィルフレッドは、艶《つや》やかな黒髪を撫でながら微笑した。

「今夜は、髪から甘い香りがするな。花の蜜《みつ》のようだ」

「……あんたって、ホントなんでも匂い嗅《か》ぐよな。すげー職業病。でも、アタリだよ。キアランが、髪が少し傷んでるからって、特製のオイルを塗ってくれたんだ。ほんの少しだけど、ハチミツが混ざってるんだって」

「ハチミツ？　では、今宵のお前の髪は、口に含めば甘いのか？」

「そ、そこまで大量には入ってないッ。試すなよ、絶対！」

ハルは慌てて自分の髪を両手で纏《まと》める。ウィルフレッドは笑いながら「さすがに冗談だ」と言ったが、ハルはまだ少し疑わしげな目つきで言い返した。

「あんたの冗談って、冗談に聞こえないから怖いんだよな。しょっちゅう、冗談だと思ってたらマジだし。その逆もたまにあるし」

「俺はフライトと違って、洒落《しゃれ》た言葉遊びの才はないからな。言うことの九割九分九厘は本気だ」

少し不満げにそんなことを言うウィルフレッドに、ハルはクスクス笑いながら頷いた。

「力説しなくても、よく知ってる。でも俺、あんたのそういうとこ好きだよ。真面目すぎてかえって面白い」

「……褒められている気がしないのだが」

「正面切って褒めてるのに。で、あらたまって話って何？」

そう問われ、ウィルフレッドは小さな咳払いをして切り出した。

「いや。考えてみれば、『帯の儀』を済ませてから、ただでさえ働き者だったお前の負担が、ますます重くなっているのではないかと思ってな」

「えっ……？」

「厨房のことや俺の仕事の補佐だけでなく、屋敷のやりくりや社交界のことも熱心に勉強しているそうじゃないか。その……大変だろう」

「どうしたのさ、いきなりそんなこと言い出すなんて。そんなの最初からわかってたし、俺が好きでしてることなんだから、不満なんかないぜ？」

キョトンとするハルの頬を大きな手で包み込むように触れ、ウィルフレッドはしみじみと詫びた。

「それはわかっている。だが……すまない」

ハルはますます困惑の面持ちで、ウィルフレッドの冷たい手にそっと自分の手を重ねる。

「なんで、あんたが謝るんだよ。意味わかんないぞ」

ウィルフレッドは、肌理の細かい肌を味わうように、ざらついた親指の腹でハルの頬をそっと撫でながら言った。

「俺はあらゆることに鈍感だから、お前が頑張りすぎているのに、それに気づいてやることができなかった。お前が自分の意志でしていることだといっても、過ぎた無茶を諌《いさ》めるのは配偶者の俺でなければならん。いくらお前つきといえども、キアランのほうが先に気づくようでは、俺は夫失格だな」

「ちょ……待ってくれよ。キアランが何か言ったのか？　そんなことであんたが落ち込んだら、俺、嫌だよ？」

慌てるハルの肩を抱き、ウィルフレッドは静かにかぶりを振った。

「落ち込んではいない。反省しているんだ」

「だから、そんな必要は……」

「ある。……ああ、キアランが俺に何か告げ口したというわけではないぞ。キアランがお前のことを心配していると、フライトが教えてくれただけだ。フライトも、お前を案じてのことだ。そこは勘違いしてやるなよ」

「あ……。もしかして、今朝、俺がちょっとふらついたりしたから」

「そんなことがあったのか？　そういえば今日はあまり食が進まなかったな。具合が悪かったのか？　もしや熱でも」

そう言って額に大きな手を当ててくるウィルフレッドに、ハルは困り顔でかぶりを振った。

「大丈夫だよ、そんなたいしたことじゃない」

「少し熱い。こんな時刻になっても体温が高いのは、日中、動きすぎているからだ」

「……うー」

医者の言うことに異を唱えるわけにもいかず、ハルはしょんぼりと項垂《うなだ》れる。それを見て、ウィルフレッドは語調を和らげた。

「別に叱《しか》っているわけではないぞ？　そんなふうに聞こえたならすまない。俺はただ、お前が心配なんだ」

「ウィルフレッド……」

慰めるように引き寄せられ、ハルはウィルフレッドの広い胸に頬を寄せた。厚い胸板を通して、ウィルフレッドの低い声が鼓膜を震わせる。

「なんに対しても全力で当たる……お前にとって、それがごく自然なことなのだと理解しているつもりだ。だが、ときには上手に息抜きをすることも必要だろう」

「ん……俺、その息抜きっての、よくわかんねえ。ここに来てから、好きなことと、やりたいことばっかやってんのにさ。嫌なことなんて何一つないのに」

「お前の言うことはよくわかる」

ハルの艶やかな黒髪を撫でながら、ウィルフレッドは共感を込めて言った。

「俺も、仕事が趣味みたいな人間だからな。お前が決して、そういう意味で無理をしているわけではないとわかっているつもりだ。だが……悲しいかな、俺たちは人間だ。人間の体力には、限界というものがある。わかるな？」

「う……うん」

「やりたいことをすべてやった挙げ句、命をすり減らすようなことになっては本末転倒だ。ときには、きちんと休まねば。……というわけで、だ」

「？」

言葉を切ったウィルフレッドを、ハルは顔を上げて不思議そうに見上げる。そんな恋人の額に軽く口づけ、ウィルフレッドは暗青色の瞳に悪戯っぽい光をよぎらせて言った。

「その台詞《せりふ》は、そっくりそのまま自分にも向けるべきだと自覚している。だからそろそろまた休暇を取ろうと思っているんだが、どうだ」

「休暇？　大丈夫なのか？」

「何がだ？」

「仕事！　検死官は一人しかいないんだから、休暇を取るといつもあとが大変だろ？　こう、死体がどーんと積み上がっちゃってさ」

心配するハルに、ウィルフレッドはあえて呑気《のんき》らしく言った。

「確かにそうだが、それを気にしていては、一生休めん。検死官になりたがる医者など、そうそう現れないだろうからな」

「それは……そうだけど」

「休暇明けに、気持ちを新たに頑張ればいいだけのことだ。本来保証されている休日を返上して働き続けているんだ、エドワーズも、反対はできまい」

「ん……それもそうだな。このままずーっと休めないいんじゃ、いくらあんたがタフでもくたびれ果てちまう」

「お前もな。……だが、休みを取っても自宅にいれば、エドワーズの奴は遠慮なく訪ねてきて、休暇は強制終了となってしまうだろう。だから、どこかへ行く必要がある。それも、遠くへ」

「遠くへ？」

子供時代は孤児院から一度も出ることがなく、かつては料理人になって世界中を旅して回ることを夢見ていたハルは、遠出と聞いて目を輝かせた。ウィルフレッドは、暗がりでもキラキラするハルの黒い瞳を見ながら頷いた。

「ああ、遠くへ行こう。実はこれも、フライトが教えてくれたことなんだが」

「フライトさん……あ、違った。フライトが、何を？」

「このマーキスには、結婚を記念して旅行をする習慣があるそうだな。お前は知っていたか？」

ハルは小さくかぶりを振る。

「知らない。俺、孤児院育ちだし、周りは神官先生ばっかだったから、そういうことにはホントに疎いんだよ」

「ああ……そうだったな。とにかく、そういう風習があるのに、俺たちはまだだと指摘された。これはゆゆしき事態だろう」

ハルは大きく目を見開き、それからプッと噴き出した。

「まだって……ゆゆしき事態って……。いや、そりゃそうだけど、旅行なんて、必ず行かなきゃいけないもんでもないんだろ？」

「それはそうだが……。どうせなら、お前と一緒にやれることはすべて経験してみたい。そう思うのは、おかしいか？」

あくまでも大真面目に抗議するウィルフレッドに、ハルはどこかはにかんだ笑みを浮かべて首を横に振った。

「ううん、おかしくない。……いや、やっぱちょっとおかしいけど、でも嬉しいよ。うん、凄く嬉しい」

「ハル……」

「俺も。『帯の儀』なんて大層なことやるのは、一生に一度、あんたとだけでいい。だったら、記念の旅行も一度きりのことだもんな。行っとくべきかも」

「ああ、そうだな」

健気《けなげ》なパートナーの言葉に、ウィルフレッドは目を細めた。ハルは小首を傾《かし》げる。

「でも旅行って、どこ行くんだ？　いつもの別荘？」

「いや。あそこへはその気になればいつでも行ける。どうせ一生に一度のことなら、思い切った旅をしよう」

「マジで？　もしかして外国とか？」

目を輝かせるハルに、ウィルフレッドはすまなそうに声のトーンを落とした。

「いや、さすがにそこまで長期の休暇は難しそうだ」

「あ……そっか。それもそうだよな。ごめん、ちょっと浮かれすぎた。じゃ、どこ？」

ハルの問いかけに、ウィルフレッドはベッドサイドに置かれていた地図を広げてみせた。

ランプの火を大きくして、地図の一点を指さす。

「これもフライトとキアランが勧めてくれたんだが、見てごらん。ここに、セイト島という小島があるだろう。ここが、昔からマーキスの貴族連中が好んで休暇を過ごす場所なんだぞうだ。マーキスより南に位置するから、ここよりかなり暖かいだろうな」

「へえ、離れ小島か。……あのさ、俺、地図見るのあんま得意じゃないんだけど、ここ、どんくらい遠いの？」

「船でまる一日の距離だ。浮世のことを忘れるには、ちょうどいい距離だとは思わないか？」

「確かに。これなら何か事件があっても、気軽に呼び戻されることはないもんな。船旅かぁ。俺、この島出るの、生まれて初めて。船に乗るのも」

「どうだ？　この案は気に入ったか？　もし他に行きたいところがあれば、そこにしてもいいんだが」

少し心配そうに問われ、ハルははにかんだ笑顔で答えた。

「俺、いつか船に乗るときは、故郷に帰るときだと思ってた。でも……あんたと一緒に乗れるんなら、そっちのがずっと嬉しい。他に行きたいとこなんて、ないよ。っていうか、ホントはどこにも行かなくていいんだ。あんたと同じ場所にいられれば、それでいい」

「ハル……」

素直な言葉に胸を打たれ、ウィルフレッドはハルの小さな身体を抱き寄せる。少しも抗《あらが》わずウィルフレッドの胸に上半身を預け、ハルは落とされたキスを唇でそっと受け止めた。

「俺も同じ気持ちだ。だが、強制的にこの街から切り離されない限り、我々が休暇を満喫することは不可能だ」

「……違いねえな」

悟り切ったようなことを言う恋人に同意して、ハルはクスリと笑う。お互いにワーカホリックすぎる自分たちにも、ハネムーン旅行についてまで理づめで語る恋人の生真面目さにも、おかしさがこみ上げてきたのだ。

「何がおかしい？」

「何もかもだよ。……なんかもう、幸せすぎて笑うしかないもん」

「……よくわからんが、お前が幸せなのなら、まあいい」

いくぶん訝しげではあるものの、誰《だれ》より大切な「奥方」が嬉しそうにしていることに安堵《あんど》し、ウィルフレッドも厳しく引きしまった口元を緩めたのだった……。

＊　　＊

そして、十日後。いよいよ旅立ちの朝が来た。

フライトとキアランに伴われ、ウィルフレッドとハルは馬車でカナの港にやってきた。

「うわー！」

目の前に停泊している大きな豪華客船と、出発客と見送りの人々でごった返す港の活気に、ハルは驚いて言葉を失う。そんなハルの耳元で、キアランはなぜか自分の手柄のように得意げに言った。

「どう、すっごいだろ。たった一日とはいえ、こんなゴージャスな船で旅ができちゃうんだから、気分も盛り上がるってもんだよね！」

「……すっげえ」

船の大きさに圧倒され、ハルは軽い恐怖さえ感じて立ちすくむ。そんなハルに顔を寄せて、キアランは耳元で囁《ささや》いた。

「留守は僕たちに任せて、楽しんでおいでよね、ハル。セイト島は素敵なところだから、いくらカタブツの旦那様だって、きっとロマンチックな気分におなりだよ」

だから、うんと可愛《かわい》がっておもらい……と言われて、ハルの頬がぽっと赤くなる。それを見て、恋人が何を言ったかだいたい察したのだろう。フライトは軽い牽制《けんせい》の一瞥《いちべつ》をキアランに投げてから、恭しくウィルフレッドに言った。

「旦那様、お屋敷のことは、どうぞご心配なく。使用人一同で、しっかりお留守をいたしますので」

「お前とキアランがいるのに、心配する必要などなかろう」

てらいのない言葉でそう言い、ウィルフレッドはこう続けた。

「だがもし何かあったら、すぐに使いをよこしてくれ。遠慮は要《い》らん」

「承知いたしました」

「逆に、連絡がないってことは、お屋敷は平穏ってことですからね、旦那様。僕が申し上げるのもなんですけど……ハルのこと、よろしくお願いいたします。本当は僕がお供してお世話申し上げるべきところを、お二人であま〜い時間を過ごせるように遠慮させていただくわけで」

「わかっている。ハルのことは俺に任せておけ。それより、留守居の間は、お前もフライトと少しは羽を伸ばすといい。早起きのハルにつきあっていては、日頃、夜遊びもままなるまい」

「！」

嫌味でもからかいでもなく、真顔でそう言葉を返すウィルフレッドに、さすがのキアランも意表を突かれて絶句する。

「そ……それは過分なお気遣い、ありがとうございます」

しかしこちらは百戦錬磨の執事であるフライトは、一瞬呆気《あっけ》にとられたものの、すぐに涼しい笑顔でそう言った。ウィルフレッドは、執事の反応に満足げに頷く。

「ああ。では、行ってくる。万事よろしく頼むぞ」

「お任せくださいませ。どうぞ、お気をつけて」

「行ってらっしゃいませ」

フライトとキアランは並んで恭しく頭を下げる。ウィルフレッドに手を引かれ、船のタラップを上がりながら、ハルは片手を口に当て、声を張り上げる。

「お土産《みやげ》、楽しみにしててくれよな！」

「ああもう、黙ってすましてりゃ、それなりに奥方もさまになってきたのに、口を開けばまだまだ子供だねえ、あの子は」

手を振って返事に代えつつ、キアランはそう嘆く。フライトは、少し皮肉っぽい口調で言った。

「それはお前の教育が至らぬせい……と言いたいところだが」

「仕方ないだろ。旦那様のお好みは、今のまんまのハルなんだから。型に嵌《は》まったおとなしい奥様なんて、お望みにならないさ」

「違いない。わたしを呼び捨てにするのに一ヶ月かかるような、そんな奥方様を旦那様は心から慈しんでおいでだからな。……ああ、甲板からあんなに手をお振りになっては、海に落ちてしまわれないかと気を揉《も》むな」

「お二方のいるほうへ行こう。きっとテープを僕たちに投げたくてウズウズしているよ、ハルは」

「そうだな。素晴らしい旅であることを祈って、見事テープを受け止めてみせるとしよう」

「うん。お見送りさえ終わったら、あとはお留守番って名前の休暇だしね、僕らも。ああ、嬉しいなあ。久しぶりに、昼まで寝てたっていいんだ！」

早くも心底嬉しそうにそんなことを言う恋人に、フライトは片眉を上げて皮肉っぽく言い返す。

「……お前はね。わたしはいつもどおりにしていないと、他の使用人たちに示しがつかない。頼むから、朝までどうこう、などとは考えないでくれよ」

「ちぇ。まあいいや、その分、早い時間からベッドに潜り込めばいいんだしね！　さ、行こうよ。ハルったら、もう両手にテープを持って待ってるよ」

見れば、甲板のいい位置に陣取ったハルは、盛んに地上の二人に向かい手を振っている。

「……やれやれ」

フライトは、片手で強い朝の日差しを遮り、甲板を見上げた。子供のようにはしゃいでいる晴れ着姿のハルと、そんなハルを嬉しそうに見守っているウィルフレッドの姿に、執事の普段はシニカルな目も、思わず和む。

「ジャスティン！　早くおいでってば！」

「わかったわかった。お前まで浮かれるんじゃないよ、キアラン」

かつては夜の蝶《ちょう》だった恋人が、日の光の下で晴れやかに笑い、自分を手招きしている。

周りの人々の浮き立つような明るい雰囲気に煽《あお》られ、冷静沈着であるべきフライトも、気持ちが高揚してくるのを抑えきれない。つい足取りが軽くなってしまう自分に苦笑いしながら、フライトは恋人のあとを追いかけた。

＊　　＊

やがて、大きな船は、ゆっくりと港を離れた。船体の両側に取りつけられた大きな輪が、力強く水を叩《たた》く。飛び散る飛沫《しぶき》は、日差しを浴びて眩《まぶ》しいほどきらめいていた。

「あー……もう、二人とも見えなくなっちまった」

ハルはぽつりと呟き、手の中に残ったテープの切れ端を見下ろした。キアランもフライトも、突堤の先端まで二人を見送ってくれた。たとえ数日でも、あの二人に会えないのは寂しいのだろう。

「どうした？　寒いのか？」

急におとなしくなったハルを心配して、ウィルフレッドは彼の肩に手を置いた。ハルは、笑ってかぶりを振る。

「大丈夫だよ、天気いいし。……それよかこの船、いったいなんで動いてんだ？　あのでっかい輪っかが動いて、前に進むんだよな？」

初めて乗る大型船に興味津々のハルは、甲板の手すりから身を乗り出して外輪を観察しようとする。その肩をしっかりとホールドして落ちないように気をつけながら、ウィルフレッドはこともなげに答えた。

「蒸気だ。石炭でボイラーを焚《た》いて、蒸気を発生させる。その圧力で外輪を動かすんだ」

「それって、でっかい鍋で湯を沸かしたとき、蓋《ふた》がパカパカするようなもん？」

「まあ、それがうんと大規模になったようなものだ。ただ、この船にはマストもあるから、沖へ出て風の具合がよければ、帆を張るんだろう。波が高いと、外輪はむしろ効率が悪いからな」

「へえ……。すげえな。ウィルフレッド、船にも詳しいんだ？」

「まさか。ただ、故郷を出てからマーキスに来るまで、船旅続きだっただろう。自然と知識が身についた」

「……ああ、そっか」

納得したハルは、視線をさっきあとにしてきた港のほうに向けた。もう、ずいぶん陸から離れ、マーキスの街の景色が一望できるようになっている。

「あれが……マーキスの全部なんだな。俺、自分が育った場所を、初めて外から見た。これまで俺のすべてだった場所って、あんなに小さいのか」

驚きと感動の滲《にじ》んだハルの呟きに、ウィルフレッドも感慨深げに頷いた。

「俺は、逆だな。この景色を最初に見てから、マーキスに入った。まさかあの小さな街の中で生涯の伴侶を得ようなどとは、思いもしなかった。当初は持て余すほどの虚《むな》しさだけを抱えていたのに、今は、お前を抱いていられる。そんな幸福は、想像だにしなかった」

「ウィルフレッド……」

ハルの小さな肩越しに、ウィルフレッドは街の一角を指さした。

「ほら、あの少し高い塔が時計台だ。ということは、少し左にネイディーンの噴水があって……ああ、あのあたりが我が家だな」

「ホントだ！　あの黒っぽいの、うちの屋根だよな？」

「そうだ。お前がよく屋根裏部屋から見ていた景色を、今は海のほうから逆に見ているというわけだ。そして、港の傍のあの建物が、ネイディーンの神殿だろう。お前が育った孤児院のある場所だな」

「すっげえ……。まだ信じられないや。自分が船に乗って、海の上にいるなんて」

ハルは、どんどん遠ざかるマーキスの景色と、青い水面を何度も見比べる。そんなハルの肩を抱き、ウィルフレッドは言った。

「いつまでも見ていたい気持ちはわかるが、そろそろ中に入ろう。潮風で、身体が冷えてしまうぞ」

「……そうだな。風邪《かぜ》ひいて、せっかくの休みが台無しになっちゃ困るもんな」

それでもまだ名残《なごり》惜しいらしく、ハルは何度も背後を振り返りながら、ウィルフレッドと共にデッキをあとにした。

普段は慎ましく暮らしているウィルフレッドだが、決して吝嗇《りんしょく》ではない。贅沢が苦手なので、どうしても質素になりがちなだけだ。

そんな彼なので、使うべきときは惜しみなく使う。今回の旅行も、一生に一度の記念だからと、フライトに特等船室を手配させていた。

いちばん静かな場所にしつらえられた広い船室は、海の上とは思えないほどゆったりした造りで、内装にも贅をこらしてある。専用のスチュワードとメイドもいて、一日だけとはいえ、この船室の主となる二人を船室で出迎えた。

「なんだか……もったいないみたいだ」

彼らがお茶の支度をして出ていったあと、ウィルフレッドのカップにお茶を注《つ》いでやりながら、ハルはどこか申し訳なさそうに言った。

「もったいない？」

「だってさ。二人だけなのにこんなに広い部屋で、世話してくれる人もちゃんといて。俺、フライトとキアランがいないから、旅の間、あんたの世話は俺の仕事だって思ってたのに」

「馬鹿な。それではお前が少しも休めず、俺一人の休暇になってしまう。人のことを言えた義理ではないが、お前は本当に貧乏性だな」

ウィルフレッドはおかしそうに鋭い目を細めた。だがハルは、ウィルフレッドの前にティーカップを置き、むくれたように頬を膨らませた。

「そういうことじゃなくて！　そういうことじゃなくて……」

「では、どういうことだ？」

「別荘に行ったときみたいにさ。ホントのホントにずっと二人きりになれるのかなって思ってたんだ。家にいるときは、それこそそんなの、寝るときだけだし……。だから、せめて旅先ではって」

「ハル……」

「だけど、こんなふうに他人がしょっちゅう出入りするんじゃさぁ。つまんないっていうか、なんていうか。だって船の中だけじゃなくて、きっと宿でもこんな感じなんだろ？　それじゃ、家にいるときと同じじゃん」

照れながらブツクサ説明するハルの姿に、ウィルフレッドの顔は自然にほころんでしまう。本人にそんな意図はないのだが、少年らしい初々しくて真っ直《ます》ぐな愛情は、いつもウィルフレッドを喜ばせる。

「使用人のことは、基本的にいないものだと考えていいんだぞ？」

「それは日頃からフライトに死ぬほど注意されてるけどさ！　でもやっぱ、気になるよ」

「……だろうな。実は俺もそうだ。お前の気持ちは理解できる。……わかった。考えておこう。お前と気兼ねなく過ごせる方法を」

「ホント？」

「ああ。だからそのときは、思う存分俺の世話を焼いてくれ。だが今は、束《つか》の間《ま》の優雅な船旅を楽しむとしよう。少なくともしばらくの間は、誰も入ってこないだろうからな」

ウィルフレッドはそう言いながら、ティーカップを手に、やわらかなソファーに背中を預けた。

「……うん」

ハルは、美しい皿に盛られた菓子に手を伸ばした。丸く焼き上げた小さなケーキに淡い色の砂糖衣をかけ、アンゼリカやスミレの砂糖《さとう》漬《づ》けを載せて飾りつけてある。

「綺麗《きれい》なケーキだな。あ、食べても旨い」

嬉しそうにモグモグやっているハルに、ウィルフレッドも微笑して言った。

「よかったな。気に入ったなら、全部食べていいんだぞ」

「いくらなんでも、全部は無理だって。……ああ、でもこんなちまちました可愛いお菓子、作ってみたいな。さすがにそこまでの余裕ないからなあ、今」

ハルのそんな嘆きに、ウィルフレッドはふと思い出したように言った。

「そのことなんだが……」

「何？」

「旅行に出て息抜きをしたところで、結局帰ったらまた元どおりの生活が待っている」

「……うん。それが？」

「それでは根本的な問題の解決にはならんだろう。だから……考えたんだが、もう一人厨房に使用人を入れるか、俺が検死官助手を新たに雇い入れるか……どちらかを検討しようかと」

「えっ？」

ハルは目を剝《む》いた。

「だ、だって、厨房に使用人って、ブリジットがいるじゃん！」

ハルが来る前は料理番として厨房を一手に引き受けていたブリジットだが、前の雇い先で高齢を理由に暇を出されただけあって、バリバリ働くというわけにはいかない。今は、下ごしらえや後片づけが主な仕事である。

ただ、長年の料理番経験で得た貴重な知識をハルに教えてくれるので、彼にとっては身近な、そして大事な師匠なのだった。

「まさか……ブリジットのこと、クビにするつもりじゃ」

「それこそ、まさかだ。ブリジットには、本人が望む限りうちで働いてもらうつもりでいる。だが、彼女がお前の代わりをすることは難しいだろう。ならば、お前の指示で動く若い料理人を……」

「要らない、そんなの」

それに対するハルの返事は簡潔だった。ウィルフレッドは、軽く眉をひそめる。

「嫌か?」

「嫌に決まってるだろ! あんたに食べさせるのは、俺が作った料理じゃないと嫌だ。いくら俺の指示だって、他の誰かが作ったもんじゃ意味がない」

「ハル……」

「あと……悪いけど、検死官助手を雇うのも、嫌だ」

「……それはなぜだ?」

理由を問われて、ハルはぐっと言葉に詰まった。

「だって……」

「だって?」

ウィルフレッドは、ハルの気持ちをはかりかね、大真面目な顔で追及してくる。ハルは、頬が熱くなるのを感じながら、ヤケクソの勢いで言い放った。

「だって、それって俺がお屋敷で留守番してる間、他の誰かがあんたの傍で仕事するってことだろ! 嫌に決まってる、そんなの。想像しただけで、たまんない気分になる」

「ハル……」

どちらかといえば、これまでヤキモチを焼くのは自分のほうばかりだっただけに、こんなふうにハルが、しかもまだ仮定の話にこうまで悋気《りんき》を露《あら》わにしたことに、ウィルフレッドは度肝を抜かれる。

　思わず絶句したウィルフレッドを、自分のくだらない発言に呆れていると理解したらしい。ハルは、赤い顔をして項垂れた。

「ゴメン。俺を心配して言ってくれてるんだってわかってるのに。でも、嫌なもんは嫌だ。あんたの隣にいるのは、俺だけでいい。他の誰かが、あんたの隣でメモを取ったり、器具を手渡したり……ありえないよ、そんなの」

「……それはまた、ずいぶんと具体的に想像したものだな」

「するだろ、だって！　っていうか、俺、変なこと言ってるよな。悪い。初めてこんな豪華な旅行するもんだから、きっと気持ちがとっちらかって……」

「そんなふうに言うな」

　ウィルフレッドは、狼狽《うろた》えて弁解しようとするハルの言葉を遮り、彼をそっと抱き寄せた。ハルは、真っ赤な顔をウィルフレッドの上着の胸に押し当ててしまう。その頭を宥《なだ》めるように撫でながら、ウィルフレッドは穏やかに言った。

「俺は嬉しかった。だから、さっきの言葉を否定しないでくれ」

「……嬉しかった？」

「当たり前だろう。お前が俺を独占したいと思ってくれているんだ。嬉しくないわけがない。だが……困ったな。それでは、お前の負担を軽くする手立てが見つからん」

「俺、平気だってば」

ふくれっ面をするハルの熱い頬を親指の腹で撫で、ウィルフレッドは微苦笑した。

「その『平気』にはいささかの疑念があるが、せっかくの旅行だ。出発してすぐ口論するのも馬鹿馬鹿しい。今はとにかく、ゆったりと旅を楽しむことにしよう」

「……そうだな」

クスリと笑って頷き、ハルはウィルフレッドの広い胸に、あらためてゆったりと身体を預けた。まるで大きなクッションでも抱えるように、力強い腕がハルの背中を抱いてくれる。

「なあ、『帯の儀』以来じゃないか？　明るいうちからあんたと二人きりで、何もせずにいるのって」

そんなことを考えたことさえなかったのだろう。ウィルフレッドは視線を数秒天井に彷徨わせてから、曖昧《あいまい》に頷いた。

「……言われてみれば」

「そう思うと、確かにフライトやキアランが言うとおり、俺たち、ちょっと働きすぎ……なのかなあ」

「かもしれん。だが、こういう遊びは、たまにだからより幸せを感じられるものだと思うがな。……ああいや、これは、仕事中もお前が傍らにあってくれるからこその、贅沢な言い分か」

「ウィルフレッド……」

「あの薄汚い酒場で出会ったときには、まさかこうなるとは思ってもみなかった。だが今は、明けても暮れてもお前ばかりだ。そしてそのことを、この上なく幸せに感じる」

見上げてくる黒い瞳に見入られるように、ウィルフレッドはハルの額にキスを落とし……

そして、照れくさそうにそう言って笑った。

二章　降りかかる災難と逃げられない性分

賑《にぎ》やかな小鳥たちの声に目を覚ますと、カーテンから差し込む朝の光が金色のリボンのように眩《まばゆ》く見える。

その明るさを薄目で捉《とら》えたハルは、ギョッとして飛び起きた。

「やばっ！　寝過ごした！」

いつもは夜明けと共に起き出し、厨房で朝食の支度に取りかかるハルである。慌てるのも無理はない。だが、寝起きの目に映った光景に、彼はベッドに身を起こしたまま硬直した。

驚くほど高い天井、シックな色合いの壁紙、滑らかな大理石のタイルを敷きつめた床、デコラティブな調度品……。何もかもが、屋敷の慎ましい寝室とは違っている。

「あ……そ、そっか。俺、ウィルフレッドと旅行に来てるんだっけ」

ようやく自分の置かれた環境に気づいたハルは、傍らでぐっすり眠るウィルフレッドを見《み》遣《や》り、あどけなさの残る顔をほころばせた。

船旅はまる一日と聞かされていたものの、風向きが悪かったらしく、二人を乗せた豪華客船がセイト島に到着したのは、ほぼ半日遅れの翌日の夕方だった。

船旅自体は快適だったが、船内でもよおされる上流階級の社交、つまりはお茶会だのディナーパーティだのにほとほと気疲れしたウィルフレッドとハルは、港で迎えの馬車に乗り、真っ直ぐ宿に向かった。

キアランが「とびきりの宿を用意した」と言っていただけあって、島でいちばんと評判の宿は、宮殿と見紛うほど壮麗な建物だった。広い敷地には南国の植物が茂り、鮮やかな色彩の鳥や小さな獣たちが放し飼いになっている。

ウィルフレッドとハルのために用意されていたのは、二階にある、この宿でいちばん広い客室だった。

天蓋《てんがい》つきの大きなベッドが据えられた寝室、十人は座れそうな立派なソファーがあるリビングルーム、そして小規模な晩餐会《ばんさんかい》が開催できそうなダイニングルーム……。

「これ、二人だけの旅にはもったいなくねえか?」

困惑するハルに、ウィルフレッドは大真面目な顔でこう言い返した。

「そうだな。お前を片時も離すつもりがない以上、一人旅も同然だ。確かに広すぎる」と。

（……ホントに、冗談のつもりなんだかマジなんだか、わかりゃしねえ）

そんなやり取りを思い出すと、勝手に頬が緩んでしまう。

ハルは身を起こしたまま、ウィルフレッドの寝顔を真上から見下ろした。一本気な性格をそのまま反映した男らしい真っ直ぐな眉の間に、指先でそっと触れてみる。

いつもは、仕事の緊張感を引きずって難しい顔で眠ることが多いウィルフレッドだが、マーキスから遠く離れたという安心感からか、今は穏やかな表情をしている。

眉間《みけん》にいつもの縦皺《たてじわ》がないことを指先で確かめたハルは、その指でウィルフレッドの顔の造作をゆっくりとなぞった。

切れ上がった目尻《めじり》と、実は意外と長いのに、髪と同じ銀色なので目立たない睫毛《まつげ》。北国の人間独特の、青ざめて見えるほど白い肌。高く通った直線的な鼻筋、そして、眠っていてもギュッと引き結ばれた、薄い唇……。

「ホント、綺麗な顔だよな……」

ハルの口から、感嘆の声が漏れた。ハルよりうんと年上なのを気にして、時々「年寄り」発言をするウィルフレッドだが、その端整な顔に老いの影は落ちていない。

まだ十代のハルに気を遣ってか、以前はフライトがどんなに勧めても拒否していた、ほんの少し派手めの衣類を試すようになったため、むしろ以前より微妙に若返ったように見える。

（神殿にあった、大理石の彫像みたい。でもそれよか、ウィルフレッドのほうが優しい顔

だ）

そんなことを思いながら唇のラインを辿《たど》っていると、くすぐったかったのか、ウィルフレッドは小さく呻《うめ》いて眉根を寄せた。ハルは慌ててパッと手を離す。

「いけね、起こしちゃうとこだった」

日頃、忙しく過ごしているウィルフレッドだけに、せめて旅先でくらい、心ゆくまでゆっくり寝かせてやりたい。

自分も寝直そうかと思ったハルだが、明るい朝の日差しを浴びたせいで、すっかり身体が目覚めてしまったらしい。睡魔はとっくに立ち去っていた。

そこでハルは、ウィルフレッドを起こさないよう、そっとベッドを抜け出した。

寝室の大きな掃き出し窓を開けると、広いベランダに出られる。そこから臨める景色は、一面の青い海だ。マーキスの海は落ち着いた青だが、今、目の前にある海は、南国特有の鮮やかなコーラルブルーだった。

「うわあ……昨日の日没も凄かったけど、朝の海もいいなあ……！　綺麗だ」

手すりに両手をかけ、身を乗り出すようにして、ハルは初めて見る鮮やかな色の海に瞳を輝かせた。

十六歳まで暮らした孤児院「ネイディーンの家」が海のすぐ傍にあったので、ハルは昔から海を見るのが好きだ。幼い頃には、いつか海の彼方から両親が迎えに来てくれると信じてもいた。

当時の自分を思い出すと、ハルの顔には苦い笑みがよぎる。

（水平線を眺めて、あの向こうまで行けば、俺が幸せになれる世界がきっとある……そんなことを思ったりもしたっけ。でも……俺の幸せは、近くにあった）

孤児院を出るなり悪い人間に騙され、自分にはまったく関係のない多額の借金を背負わされ、気がつけば場末の酒場で身を売る羽目になっていた。

そんな、最底辺の世界を這《は》いずるような、なんの希望も持てない日々を送っていたとき、ハルはウィルフレッドに出会ったのだ。

（こんな日が来るなんて、あの頃は想像もできなかったよな。誰かを大好きになって、誰かに好いてもらえて、こうして船に乗って旅をして……）

朝日を反射してきらめきながら、白い砂浜に打ち寄せる波。それを見つめて物思いにふけっていたハルの肩に、ふと大判のストールが着せかけられた。

「いくら海水浴ができるほど暖かいといっても、朝晩は冷える。寝間着だけで外に出ては、風邪をひくぞ」

そう言って、ストールごとハルの小さな身体を背後から抱いたのは、言うまでもなくウィルフレッドである。

「大丈夫だよ、涼しくて気持ちいい。……でもありがとな。そんで、おはよ」

首をねじ曲げるようにして振り向いたハルとおはようのキスを交わし、それでは物足りなかったのか、ウィルフレッドはおまけのようにハルの頰にも小さなキスをする。そのまま頰を触れ合わせると、ハルは小さく首を竦めた。どうやら、ウィルフレッドの顔にわずかに生えた髭《ひげ》がくすぐったかったらしい。

「おはよう」

「いつもながら早いな。旅先でくらい、もっとゆっくり寝ていていいんだぞ」

「別に、早起きしようって頑張ったわけじゃないんだ。勝手に目が覚めただけ。昨日は早く寝ちまったし」

ウィルフレッドは苦笑いで頷いた。

「まったくだ。旅の最初の夜には、二人して襤褸《ぼろ》切れのように眠る……いかにも妙な癖がついたものだ」

だがハルは、ふくれっ面で言い返した。

「違うって！　昨夜は二日目！　最初の夜は、船の中ですることなんかこの先二度とないかもとか言って、がっつりやったろ！　ほら、ここ、まだ痕《あと》残ってるはずだぜ」

ハルが指さしたのは、自分の首筋だった。そこには、ウィルフレッドが珍しく悪戯心を起こして歯を立てたせいでできた、ごく浅い傷がある。

まだ生々しい傷口に誘われるように、ウィルフレッドはそこに顔を近づけ、口づけた。

「んっ。よ、よせって。何してんだよ」

くすぐったさと微《かす》かな痛みがやけに淫靡《いんび》に感じられ、ハルは小さく身を捩《よじ》る。

「朝からずいぶんと刺激的なものを見せてくれる。思わず、今からでもその気になってしまいそうだ」

そんな珍しいほど甘い台詞を耳元で囁かれ、ギュッと抱きしめられて、ハルはアワアワと顔を赤らめた。

「ば、馬鹿っ。何言ってんだ！　もうじき朝飯なんだから、離せって」

「離れがたい」

実に簡潔に反論する恋人の手をペシペシと叩きながらも、ハルは半ば諦《あきら》めた様子で、小さな頭をウィルフレッドの胸にこつんと預けた。

「……変だよな。もう帯の儀を挙げた仲なんだから、いつだって一緒にいられるのに。それなのに、俺だって、あんたとずっとこうしてくっついてたい。……出会ったときは、やたら怖い顔した、料理の上手いオッサンくらいにしか思ってなかったのにさ」

そう言ってクスリと笑うハルに、ウィルフレッドは眉尻を微妙に下げ、ついでに口もへの字に曲げて、不満げに言い返した。

「オッサンは酷いな。お前こそ、ずいぶん世を拗《す》ねた、可愛げのない子供だったが？」

「うっ……」

「だが初対面のときから、なんとなくお前のことが妙に気にはなっていた」

「俺も。あんとき作ってくれた魚のフライ、ビックリするほど旨かったし。あんたが仕事に行っちまってから、一人で全部食った。夢みたいに美味《おい》しかった」

そう言って、ハルは懐かしそうに言葉を継いだ。

「あんたが起きてくる前、思い出してたんだ」

「何を？」

「あんたと出会ってから、これまでのこと。色々あったな、俺、ずいぶん変わったな、って思ったりしてた」

「そうか？」

頭の上から、不思議そうなウィルフレッドの声が降ってくる。ハルは、頭頂部にウィルフレッドの顎《あご》の重みを心地《ここち》よく感じながら、唇を尖《とが》らせた。

「変わったよ。あんたに出会った頃は、俺、もっと荒《すさ》んでたもん。今はあんなじゃないだろ？　キアランに行儀作法も習って、ちょっとはこう、なんて言うの？」

「エレガントになったと？」

「あっ！　今笑ったろ！　顔見えなくても声でわかるっ」

怒ってジタバタするハルを抱きすくめ、ウィルフレッドはくぐもった声で笑った。

「確かに、そういう意味ではお前はずいぶん変わった。最初は、飼い主に捨てられた犬のように傷ついた目をしていたが……今のお前は、まるで太陽のように明るい」

「ウィルフレッド……」

「それに実際、お前はたいしたものだ。検死官としては、お前ほど頼りになる助手はいない。それに、社交の場においても、お前の立ち居振る舞いはずいぶん洗練されてきたように思う。船内でのパーティでも、フライトがよく言う『立派な奥方ぶり』だったぞ」

「マジかよ。それ、褒めすぎじゃね？」

「そんなことはない。お前の努力は尊敬に値する。俺も、お前にふさわしい配偶者であらねばならんと、気が引きしまる思いだ」

とても睦言《むつごと》とは思えない生真面目な口調でそう言うと、ウィルフレッドはハルの小さな身体を自分の腕の中でクルリと回し、自分と向かい合わせた。

「な……何？」

互いの顔を見つめ合う体勢になり、ハルは急に気恥ずかしくなってしまう。ウィルフレッドは、まだ寝乱れたままのハルの黒髪を撫で、しみじみとした口調で言った。

「だが、お前の外見や言動がどんなに変わっても、お前の内面は少しも変わらないだろう」

「……え？」

「出会ったときからずっと、お前は素直で、ひたむきで、負けず嫌いで、愛情深く、そして正義感が強い。そんなお前だからこそ、俺は強く惹かれた。……そして今も、俺のお前に対する愛情は、日ごと増すばかりだ」

「あ、朝から何言ってんだよ。なんかもう、恥ずかしくてムズムズするだろ」

「本当のことだ」

「あんたが嘘《うそ》言わないのは、よくよくわかってるけどさ。でも……朝っぱらから口説《くど》かれてるみたいで、落ち着かないよ」

「朝から口説いても構うまい。休日だ」

「そうだけど！　ああもう、かなわないな、あんたには」

ハルは諦めたようにそう言うと、ウィルフレッドのウエストに腕を回した。軽く伸び上がり、どんなときも理路整然とした言葉を吐き出す恋人の唇に軽いキスをする。

「で？　休日を満喫中の俺たちは、今日は何するんだ？」

期待できらめく黒い瞳に見入られながら、ウィルフレッドは半ば本気の呟きを漏らした。

「このまま、明日の朝までベッドで過ごすのも魅力的だが……」

「え、えええ⁉　そんなあ」

「それももったいない話だと思って、昨夜、手配をしておいた」

「手配？　なんの？」

「今はまだ秘密だ。楽しみにしておくといい。……まあ、まずは身支度をして、朝食を摂ろう。珍しい南国の果物が食べられるそうだぞ」

そう言って、ウィルフレッドはハルの背中を抱き、寝室へ戻るよう促す。

「果物は楽しみだけど、手配ってマジでなんの？　俺の知らないうちに、何を計画してるんだよ？　だいたい、いつの間にそんなことしたんだ？」

「お前がバスを使っている間にだ。そして、計画の内容は秘密だと言ったろう。こういうことはギリギリまで明かさないほうが、楽しみが増す」

「そうかな～」

「少なくとも俺は今、非常に楽しい」

「それ、ずるくないか⁉」

「立案者の特権だ」

そう言って、ウィルフレッドは小さく笑う。ずるいずるいとむくれてみせながらも、ウィルフレッドが日頃の激務から解放され、リラックスした笑顔を見せてくれるだけで嬉しくなってしまうハルである。

結局のところ抗議もなし崩しになってしまい、二人は他愛なくじゃれ合いながら、寝室に戻ったのだった。

そして、二人がベランダにしつらえられたテーブルで朝食を終える頃、宿の支配人が部屋を訪れ、恭しく告げた。

「ウォッシュボーン様。ご用意が整いました」

使用人の言葉に、ウィルフレッドは心得顔で頷いた。

「わかった。では、そろそろ出かけよう」

「お待ちしておりますので、ごゆっくりお支度くださいませ」

一礼して出ていく支配人を見送り、ハルは不思議そうに問いかける。

「さっき、何か手配したって言ってたけど、どっか行くのか？」

それに対するウィルフレッドの答えは簡潔だった。

「船に乗る」

「へっ？」

思いがけない言葉に、ハルは目を丸くする。

「また船に乗るのか？　この宿にずっといるんじゃなくて？　また移動？」

「違う。ここに来るのに乗ったのとはまた違う……もっと小さな船だ。ほんの少しだけの遠出をしようと思っている」

「……？」

「いいから、出かけよう」

「でも俺、なんの支度も……」

「構わん。身一つで行ける」

「そう……なのか？」

ハルは戸惑って恋人の涼しい顔を見上げたが、どうやら今日の企《たくら》みについては、現地に着くまで何一つ教えてくれるつもりはないらしい。

ウィルフレッドがあまりに楽しそうにしているので、それ以上追及するより彼の笑顔をもっと見ていたくて、ハルは素直に引き下がる。

「わかったよ」

「では、行こう」

そう言うと、ウィルフレッドはごく自然に左腕を差し出した。

帯の儀を挙げた以上、二人は夫婦と同等の関係だ。腕を組んでいても、咎《とが》める人間は誰もいない。というより、むしろ自然なこととして受け入れられるだろう。

頭ではわかっていても、世俗と隔絶された神殿育ちのハルは、人前で親密さを強調するような行動には慣れていない。今さらながらに酷くはにかんで、ウィルフレッドの腕に自分の細い腕を絡めたのだった……。

「……へ？　ここから船に乗るの？」

てっきり、ここに来たときに使った港へ行くものと思っていたハルは、宿のすぐ前の砂浜へ連れていかれて目を丸くした。

「そうだ。ほら、あそこで宿の人たちが準備をしてくれている」

浜にはごくささやかな桟橋があり、そこに何隻かのボートが係留されている。二人は、そのうちの一隻に乗り込んだ。

十人も乗れば満杯になってしまうような木製のボートを、船尾に立った船頭が、慣れた手つきで長い櫓《ろ》を操り、ゆったりと漕《こ》ぎ出す。

船の上には、ハルとウィルフレッドの他にも数人の宿の使用人たちが乗り込み、それぞれ大きなバスケットやら、何か細長いものやら、荷物を抱えている。

「こんな小さな船で、海に出ちまうのか？　ひっくり返ったりしねえ？　お、おい、ウィルフレッド、そんなに端っこに寄って落ちたらどうすんだよ！」

船の中央あたりにしつらえられたベンチに腰かけ、船縁《ふなべり》から海を覗き込もうとするウィルフレッドのシャツの袖《そで》を、ハルは心配そうに引っ張った。いや、引くというより、しがみついたと言ったほうが正確な表現かもしれない。

「なんだ、怖いのか？」

ウィルフレッドに笑いながら肩を抱かれ、ハルはふくれっ面をした。

「また、海の傍で育ったくせに、とか言いたいんだろ！　だけど孤児院では、神殿の敷地から出してもらえなかったから、海に入ったことは一度もないんだってば。い、今この船、足の届かない深さのとこ漕いでるんだろ？　けっこう船揺れてるし……」

「波がある以上、船が揺れるのは当たり前だ。だが、ここはまだ珊瑚礁《さんごしょう》の内海だから、たいした揺れではない」

「嘘だよ、だってここに来るのに乗った船は、ほとんど揺れなかったじゃん」

「あれは、船が並外れて大きいからだ。心配するな、この程度の波で船が転覆することはない」

「うー」

「その証拠に、誰もお前のように心配顔をしてはいないぞ」

「…………」

確かに、船頭は鼻歌を歌いながら楽しげに櫓を漕いでいるし、船縁に座った使用人たちも、皆暖かな日差しと爽《さわ》やかな海風を楽しんでいる様子だ。

一人だけ怖がっているのが癪《しゃく》なのか、ハルはむくれた顔のまま、けれどウィルフレッドにピッタリと身体を寄せて言い返した。

「だけど！　もしもってことがあるだろ。俺、泳げないのにさ」

「心配するな、俺がいる。以前も、お前が川で溺《おぼ》れたとき、俺が助けてやっただろう？」

「そ、それはそうだけど」

「船頭を信頼して、リラックスしろ。ほら、海の中を見てみなさい。珊瑚礁の近くを通っているから、船からでも魚が見えるぞ」

「マジ？　見たい……けど……」

海に入ったことがないハルには、「足が届かないほど深い水の上にいる」という事実がやはり怖くて仕方がない。だが好奇心が恐怖を上回ったのか、ウィルフレッドのシャツの袖をしっかり握ったまま、ジリジリと船縁ににじり寄り、いかにも怖々と海の中を覗き込んだ。

船は深い場所を選んで進んでいくが、確かに両側には珊瑚礁の浅瀬が広がっているようだ。海の色が明るい緑に近く、波の下に、珊瑚の姿が揺らめいて見える。

「うわっ。珊瑚って、こんな浅いとこにあんのか？　図鑑でしか見たことがなかったけど」

「俺も、実物を見るのは初めてだ。さまざまな色があって、美しいものだな。ほら、そこを見てごらん」

ウィルフレッドは、自分もハルと一緒に船縁に寄り、海の中を指さした。そちらに目を向けたハルは、黒い瞳を輝かせる。

「魚？　あんなに鮮やかなブルーの魚って、いるのか？　すげえな。凄くちっちゃいけど、あんなにたくさん群れて……綺麗だな。な、ウィルフレッド。あの魚、食えるのか？」

いかにも料理人らしい疑問に、ウィルフレッドは苦笑いで首を傾げる。

「さあ、どうだろうな。しかし、あの美しさだ。食べるより、見るほうが楽しかろう」

「それもそっか。あっ、何かでっかいのがいる。え？　亀……？　海にも亀っていんのか⁉」

「あれはウミガメだ」

「海の亀？　すげえ、でっかいな！」

船の脇《わき》をゆったりと泳ぎながら通り過ぎていく大きなウミガメに、ハルは恐怖などすっかり忘れて身を乗り出す。

「ほら、前足の形が、お前の知っている亀と違って、水を掻くのに効率的な形状になっているだろう」

「ホントだ。なんだか楽しそうだな。あっ、あっちには銀色の細長い魚がいる。すげえ。マーキスの海でもいろんな魚が獲れるけど、南の海の魚は、みんな綺麗なんだな」

「こら、ようやくお前らしくなってきたのはいいが、そこまで身を乗り出すんじゃない。本当に落ちるぞ」

「わっ」

ハッと我に返ったハルは、急に怖くなったのか、ウィルフレッドの腕に抱きつく。そんなハルに、こちらも南国の太陽の下ではそれなりに開放的な気分になっているのか、ウィルフレッドは声を上げて笑った……。


やがて、船の前には小さな……本当に小さな島が見えてきた。

おそらく、一周するのに歩いて一時間かかるかかからないかというその小島は、こんもりしたささやかな山とその周囲を取り巻く砂浜からなっている。

「もしかして……あそこが目的地？」

いっぱいに腕を伸ばして島を指さすハルに、ウィルフレッドは笑って頷いた。

「そうだ。だから、ほんの少しだけの遠出と言った。……ああ、船はここまでだな」

船底が砂にザリッと乗り上げたのを感じて、ウィルフレッドは立ち上がった。もうずいぶんな浅瀬だが、砂浜まではそれなりに距離がある。

どうするのかと不安げな顔をするハルをよそに、ウィルフレッドはズボンの裾《すそ》が濡《ぬ》れるのも構わず、船から飛び降りた。浅瀬なので、水は膝《ひざ》を濡らす程度だ。

「大丈夫かよ？」

「おいで」

心配そうに船縁から身を乗り出したハルは、ウィルフレッドにヒョイと両脇に手を入れて抱き降ろされ、驚きと恥ずかしさで思わず小さな声を上げた。

「わッ！」

「大丈夫だ、落としはしない」

そう言って、至近距離でウィルフレッドは微笑《ほほえ》む。

（……そういうこっちゃないんだけどなあ）

心の中で苦笑いしつつも、ハルはウィルフレッドの首にしがみついた。ウィルフレッドは

軽々とハルを横抱きにし、穏やかな波を蹴散《けち》らして浜へと向かった。その後ろに、宿からついてきた使用人たちが、それぞれの荷物を持ってつき従う。

サラサラの白い砂浜で、ウィルフレッドが濡れた足を拭《ふ》いている間に、浜辺にはたちまち大きなパラソルが立てられ、その下には分厚いラグが敷かれた。ご丁寧にパラソルの脇には、日光浴用の寝椅子までが据えられている。

「すっごい……」

ハルは興味津々に周囲を見回し、そして首を傾げた。

「なあ、ウィルフレッド。この島って、何があんの？　見渡す限り、なーんにも見えないけど」

「何もない。誰もいない」

「え？」

「ここは、俺たちが泊まっている宿が所有している無人島だよ」

あっさり提供された驚きの情報に、ハルは目をまん丸にする。

「無人島⁉」

「ああ。宿の人間が皆帰ったら、この島にいるのは、俺とお前だけだ」

「……ホントに……？」

「ああ。今日の日暮れ前まで、ここを貸切にしてもらった」

そう言って、ウィルフレッドは絶句するハルの頬をさらりと撫でた。

「約束しただろう？　二人きりで気兼ねなく過ごせる方法を考えると。夕方、迎えの船が来るまでは、完全なる二人きりだ。……満足か？」

暗青色の瞳が、悪戯っぽく光っている。いつもは暗く沈んだ彼の瞳も、南国の太陽の下では、否応《いやおう》なく明るくなってしまうらしい。

まだ周囲で使用人たちが作業をしていることなどすっかり忘れ、ハルは思わずウィルフレッドに抱きついた。

「ありがとな、ウィルフレッド！　俺もう、なんて言えばいいか……」

「何も言わなくても、お前の目は口よりはるかに雄弁だ。……お前が喜んでくれれば、俺も嬉しい」

ウィルフレッドも本当に嬉しそうな顔で、ハルをギュッと抱いた。


やがて、二人が心地よく過ごせるよう、すべての支度を済ませた宿の使用人たちは、皆、船に乗って戻っていった。

もちろん、小さな船で行き来できる距離なので、海の向こうには宿のあるセイト島が見えている。それでも、日暮れ前に迎えが来るまで、この島にいるのは二人きりだ。

「すっげー！　食べ物も飲み物も、たっぷり置いてってくれたんだな。……うん、旨い！」

パラソルの下には小さな丸テーブルが置かれ、綺麗にカットしたフルーツや軽食、それに飲み物が用意されていた。

興味津々で用意されたアイテムをチェックしていたハルは、サンドイッチを摘んでニッコリした。

上品なサイズにカットされたサンドイッチには、魚のペーストとキュウリが挟まれていた。塩味とハーブの利いたペーストと淡い味のキュウリは相性がいい。

「バスケットの中には、ランチが入ってんのか。至れり尽くせりじゃん」

「この島には、何もないからな。食料は、多すぎるくらいでちょうどいい。……それにしても、太陽が高く昇って、日差しが強くなってきたな」

そう言って、ウィルフレッドは手で陽光を遮った。ハルも、気持ちよさそうに両腕をいっぱいに伸ばし、太陽の光を全身で受けながら笑った。

「ホントだな。まだ朝なのに、もうけっこう暑い」

うっすら汗ばんだハルの健やかな笑顔を見ながら、ウィルフレッドは海を指さした。

「せっかく海辺にいるんだ。水に入るか？」

そう言われて、ハルは逡巡する。

「うっ……。で、でも俺、泳げないからさ」

「泳ぐ必要はない。というより、ここで泳ごうと思うと、ずいぶん沖まで歩いていかなくてはならないぞ」

「それもそっか。船から降りたとき、すげえ遠浅だったもんな。よっし！　泳がなくていいんなら、水に入る！　ウィルフレッドも？」

「無論。こんな場所で読書もないものだろうからな。たまには、解剖以外の健康的な目的で身体を動かすとしよう」

そんな微妙に不穏なことを口にしながら、ウィルフレッドは麻の上着を脱ぎ始める。ハルもそれに倣《なら》って服を脱ぎながら、ふと戸惑い顔で周囲を見回した。

「えっと、着替える場所……って思ったけど、よく考えたら俺たちしかいないんだから、堂々と着替えちゃえばいいのか」

「そういうことだ」

二人はパラソルの下で水着に着替え、海へと向かった。乾いた砂は太陽に温められて裸足《はだし》に心地よく、ところどころに綺麗な貝殻が散らばっている。

穏やかに打ち寄せる波に足を浸して、ハルは歓声を上げた。うなじで一つに纏め、編んで垂らした黒髪が、少年の動きに合わせて振り子のように揺れる。

「冷たッ。暑いから、水が冷たくて気持ちいいな。あっ、そうだ」

何かを思いついたらしきハルは、おもむろに身を屈め、海水を両手ですくい上げた。透き通った海水を舌先でちろりと舐《な》めて、驚きの表情になる。

「しょっぱい！」

さすがのウィルフレッドも、その行為には驚いて目を見張った。

「当たり前だろう、海水だぞ。……ああ、そうか。信じがたいが、海は初めてなんだったな」

「うん。海水はしょっぱいって聞いてたけど、ホントだな。なるほど。道理で、こいつを煮つめて塩を作れるわけだ」

妙な感心をしているハルに、ウィルフレッドは手にした木箱を差し出した。

「あまり舐めると、喉《のど》が渇くぞ。海水の味見はほどほどにして、もう少し深いところまで行ってみよう。これを使うといい」

ハルは木箱を受け取り、不思議そうに矯《た》めつ眇《すが》めつしてみる。木箱はなんのことはない白木の板で作られていたが、唯一不思議なのは、底の部分にガラスが嵌め込んであることだった。

「何これ？」

「覗き箱だ。それを使えば、顔を水につけることなく、海の中を観察することができる。故郷にいた頃、似たようなものを使って、川海老《かわえび》を獲ったものだ」

「へえ。あ、なるほど。こうやって箱を水につけると、ガラス越しに水の中が見えるのか。これなら、泳げなくても魚が見えるな！　すげえ、こんな浅いところにもう小魚がいっぱいいる！」

ハルは早速箱に顔を押し当て、海の中を覗きながら深いほうへと移動していく。

「足元に気をつけろよ。砂地だと油断していたら、ところどころに岩があったりするものだからな」

「んー」

もはや、ウィルフレッドの注意にも生返事しか返ってこない。

「やれやれ」

じっと立っていると、流木か何かと勘違いしているのか、小さな魚たちが水に浸《つ》かった足をつついてきてむず痒《がゆ》い。

以前、足の立つ川で見事に溺れたハルである。遠浅だからといっても目を離すわけにはいかず、ウィルフレッドはそんなハルのあとをゆっくりとついていった。


ばちゃばちゃばちゃばちゃ……。

なんとも間の抜けた音が、あたりに響く。それに、ハルの必死の声が被《かぶ》さった。

「ちょ、ウィルフレッド！　今、手を離そうとしたろ！」

「していない」

「嘘だ！　絶対動きが怪しかった！」

「そう無闇《むやみ》に、配偶者を疑うものじゃない」

「だって！」

「ほら、大声で喋《しゃべ》るから、身体に力が入っている。力めば沈むと言っただろう。また海水を飲んで難儀する羽目になっても知らんぞ」

「うっ……」

ハルは悔しそうな顔で唇を引き結ぶ。一生懸命水を蹴るその足の動きの拙《つたな》さに、ウィルフレッドの顔はつい緩んでしまう。

日が高く昇り水温が上がってきたので、ハルはウィルフレッドに泳ぎを教わることにしたのだ。

今、ハルが必死の形相で泳いでいる場所は、足を砂地につけても、首から上は余裕で波の上に出る程度の水深だ。

それでも怯《おび》えてウィルフレッドにすがりつこうとするので、彼はまずハルを水に慣れさせるため、海水に顔をつけるところから始め、次にリラックスして仰向《あおむ》けに水に浮くことを教え、そしてようやくバタ足に辿り着いたというわけである。

そうは言っても、まだまだ自力で泳ぐにはほど遠く、ハルの両手はウィルフレッドが差し伸べた手のひらの上にしっかり載っている。本人的にはウィルフレッドの手を握りしめたいところなのだろうが、そうすると全身に力が入って決して泳げるようにならないと諭され、渋々手を載せるだけで我慢しているのだった。

「そうだ。その調子だが、膝を曲げるんじゃない。それでは水飛沫ばかり上がって、いっこうに前に進めないだろう。脚を一本の棒だと思って、つけ根から動かしてみろ」

「んなこと言われたって、急に何もかもできるわけないじゃん。……こう？」

ふくれっ面をしながらも、ハルは言われたとおりにやってみせる。ウィルフレッドは笑って頷いた。

「そうだ。ずいぶんよくなってきた。お前は飲み込みが早い」

「……ホント？」

「ああ。俺は六歳の夏に泳ぎを覚えたが、それでも三日はかかったぞ」

「六歳児と一緒にすんな！　ってか、北の国でも、泳げるときってあんの？」

ハルは一生懸命に泳ぎつつも、ウィルフレッドの昔話に興味を示した様子で黒い目を見張る。ウィルフレッドは、ハルの泳ぐスピードに合わせ、ゆっくりと後退しながら答えた。

「俺の故郷では、ほんの二月足らずの短い夏の間だけ、海や川で泳げた。夏といっても、マーキスの春より少し涼しいくらいのものだが」

「それ、けっこう夏でも寒いってことじゃないのかよ。んな冷たい水で泳いで、楽しかったのか？」

「俺に限って言えば、娯楽で泳いでいたわけではなかった。生活の助けになればと思ったんだ」

「生活の助け？」

「潜って貝を拾ったり、銛《もり》で魚を突いたり……釣りより効率よく魚介類を獲ることができて、食卓が豊かになる夏は好きな季節だったよ。唇が紫色になるまで頑張って、かごいっぱいに魚を獲って帰ると、母が嬉しそうに俺を抱きしめてから熱いお茶を淹《い》れてくれた。懐かしい思い出だ」

「そっか……。お母さん、魚でどんな料理作ってくれた？」

無邪気に訊ねたハルに、ウィルフレッドは懐かしそうに晴れ渡った空を見上げて答える。

「そうだな。貝は蒸しただけで旨かったし、大きな魚は焼いてそのまま食べた。小魚はフライにしてくれたし、魚のあらも無駄にせず、ジャガイモと煮てスープにしたものだ」

「やっぱ、そこでも芋か」

クスクス笑うハルに視線を戻したウィルフレッドは、少し意地悪な笑みを浮かべ、こう言った。

「お前だって蕪《かぶ》育ちだろう、ハル。……ところで、何か気がつかないか？」

「へ？」

相変わらず同じペースで後退しながら、ウィルフレッドはゆっくりと両手を上げてみせる。

そこで初めて、ウィルフレッドが喋りながらさりげなく手を外していたことに気づき、ハルは目を剝いた。

「うわっ！　わ、あわわわ……ガボッ」

途端にバランスを失い、溺れそうになるハルを抱き留めて上手く立たせてやりながら、ウィルフレッドは声を上げて笑った。

「ははは、意識した途端に駄目か。上手に泳げていたのに」

「ひ、酷ぇ。珍しくよく喋るなって思ったら、俺の気が散ってる隙《すき》を狙ったな！」

咳《せ》き込《こ》みながら顔を赤らめて抗議するハルの腰に手を回したまま、ウィルフレッドは涼しい顔で言い返す。

「だが実際、俺の手がなくても大丈夫だったじゃないか」

「それはそうだけど！」

「つまり、あとは恐怖心さえ取り除ければ、お前はすでに泳げるということだ。あと一、二日も経《た》てば、嘘のようにすいすい泳げるようになるさ」

「……ホントかなあ」

「大丈夫だ」

力強く請け合って、ウィルフレッドはまだとんがったままのハルの唇に触れるだけのキスをした。

「さあ、一度休憩しよう。あまり根を詰めては、身体が冷えてしまうぞ」

「まだ大丈夫だよ！　って、あ……」

「うん？」

ハルは、おずおずとウィルフレッドの肩に手を伸ばした。

「ハル？」

「肩から背中、赤くなってる」

首を巡らせて自分の背中を見たウィルフレッドは、ああ、と頷いた。

「急に強い日光を浴びたから、少し日焼けしてしまったな」

「ウィルフレッドは肌が白いから、日焼けすると赤くなるんだな。なんだか痛そう。大丈夫か？」

「あとで少しひりつくかもしれんが、冷やせば問題はないだろう」

「ホントに？　悪い、俺、泳ぐのに必死で全然気がつかなかった。長いこと、つきあわせちゃってごめん」

「気にするな」

「だけど……。うわっ、そういえば」

申し訳なさそうにしていたかと思うと、急にギョッとした様子のハルに、ウィルフレッドは訝しげに眉根を寄せた。

「今度はどうした？」

「あ……い、いや」

「ハル？」

「いや、だから、その、えっと」

ハルはしどろもどろになりつつ、曖昧に視線を逸《そ》らす。ウィルフレッドは心配そうに恋人の顔を覗き込んだ。

「どうした。長く水の中にいすぎて、腹が冷えでもしたか？」

「そ、そういうこっちゃなくて……あの、今さらなんだけどさ」

「うん？」

「こんなに明るいお日様の下で、あんたの裸見るの、初めてだな……って思って」

「！」

「いい身体してんのはとっくに知ってたけど、こうして明るいとこでしげしげ見ると、なんか格好よすぎて急にドキドキしちゃって。あんたが着痩《きや》せするたちだっての、忘れてた」

ホントすげえ筋肉、と呟きながら、ハルは冷えた手でウィルフレッドの胸に触れる。

これといって運動をするわけではないのだが、日々の激務がトレーニングになっているのだろう。日焼けして赤みを帯びた肌の下に、厚い筋肉の弾力を感じた。

半ば無意識に肌をなぞるハルの指の動きに、ウィルフレッドの頬がピクリと動く。それに気づいて、ハルはハッと手を離した。

「…………」

「お、おかしいよな。ごめん、変なこと言って。もう、上がろう」

そう言ってハルは岸に向かって歩き出そうとしたが、ウィルフレッドはハルを抱く腕にぐっと力を込め、それを許さなかった。

「ウィルフレッド？」

さっきまで呆気にとられていたウィルフレッドの暗青色の瞳に、悪戯っぽい光がよぎる。

「なるほど、言われてみればそのとおりだ。俺にしても、眩しい光の下でお前の身体を見るのは初めてだな」

そう言ってまじまじと見返され、ハルはドギマギして俯《うつむ》いてしまう。ウィルフレッドは片手でしっかりとハルの腰を抱いたまま、もう一方の手でそっと細い顎を上向かせた。

「お……れの身体なんて、見るとこないし。っていうか、貧弱すぎて恥ずかしいから、あんま見るなって。……あっ」

水の中で緩やかにウエストラインを撫で上げられ、ハルは思わず小さな声を上げる。波の下で、細い腰が揺れた。

「お前はいつもそう言うが、お前の身体は貧弱ではない。こういうのは、しなやかと言うんだ。柳の若木のようで美しい。俺はそう思う」

「……ウィルフレッド……」

極めて実直な賛辞を贈ると、ハルの顋に手を添えたまま、ウィルフレッドはゆっくりと顔を近づけてくる。ハルはそっと目を閉じた。

ハルの唇にまずは啄《つい》ばむようなキスをして、ウィルフレッドは小さく笑った。

「お前の唇は塩辛いな」

「そりゃそうだよ。さっきから、さんざっぱら泳いでるんだもん」

「いつもは甘いだけに、どうにも新鮮だ」

「なんだよ、その感想……ん、ん……」

いきなり深くなったキスに、ハルは鼻にかかった声を漏らす。潮風の仕業か、ハルを教えるばかりで自分はまったく泳いでいないウィルフレッドの唇も、ほんの少し塩の味がする。

「んふ……っ」

だが、それを告げる前に、優しくも強引な舌が絡みつき、ハルから言葉を奪い去っていく。強く腰を引かれ、ハルの身体はまるで水中をふわりと飛ぶように、ウィルフレッドの胸に抱き込まれた。

冷たい水の中で、密着した互いの胸から、鼓動と共に体温が伝わる。

何度も角度を変えてキスを繰り返すうち、二人の鼓動は徐々に速まり、ハルは下腹で、ウィルフレッドは腿《もも》で、相手の欲望が熱を帯びていくのを感じた。

「……なあ。こんなに明るいとこで、しかも海の中で……すんの?」

わずかに唇を離し、ハルは少し不安げに問いかける。キスの息苦しさで目尻に滲んだ涙を親指の腹で拭《ぬぐ》ってやりながら、ウィルフレッドは自分の額をハルの額に押し当てた。

「嫌か？」

「嫌じゃないのはわかってんだろ。……けど、なんかこう明るいと、罰当たりな気がしてさ」

男娼だったとはいえ、人生の大半を禁欲的な修道院の中で過ごしてきたハルである。睦み合う行為は闇に紛れてしのびやかに行うべきもの、という古典的な道徳観を捨てきれないのだろう。

しかしウィルフレッドは、あっけらかんと言った。

「女神の前で絆を結んだ者どうしが愛を交わすことが、罪であるはずがない。……それに、こんなふうに羽目を外せる機会は、もう一生ないかもしれんぞ」

「確かにそうだよな。無人島に二人きりなんてこと、そうそうあるわけないもんな。でも……その、このまま？　こんなところで、できるもん……？」

「創意工夫という言葉は、こういうときのためにある」

どう考えてもこういうときに使う言葉ではない四文字をきっぱり口にすると、ウィルフレッドは「おいで」とハルの腰を抱いたまま海の中で歩き出した。

「えっ？　あ、ちょっと待て！　駄目だって！」

半ば浮き上がりそうになりながら、ハルはアワアワと身をもがく。だが、海水が邪魔をしてろくな抵抗もできない。

「こら、飛沫がかかるだろう」

「だって！　だって、そんな深いほうへ行ったら、あんたはいいけど、俺は沈んじゃうよ」

「そのくらいの深さのほうが、たぶんやりやすい」

「何が！　あっ、ちょっと、もう足がやばいって。俺、つま先立ちなんだけど！」

「……では、あともう少しだな」

なお五歩ほど沖へ向かったところでようやく足を止めたウィルフレッドは、あっぷあっぷ状態のハルをしっかりと両手で抱いて、ふっと笑った。

「ほぼ全身水の中にいれば、多少無茶な姿勢でも楽にできるだろう」

「……え？」

「俺にしがみついていればいい」

「う……う、うん？」

ハルが両腕をウィルフレッドの首に回すと、ウィルフレッドはハルの水着に手をかけた。恋人の意図をようやく察して、ハルは水の中で両脚を上げて協力する。途中まで下ろされた水着をみずからつま先で引き抜いたハルは、すらりとした両脚をウィルフレッドの腰に巻きつけた。

「なんか、曲芸みたいだけど……確かに、水ん中だと身体が軽いや」

「海水だからな。比重が重いから、余計にそう感じる。……つらくはないか？」

「だいじょぶ。……っていうかさ」

「なんだ？」

両手両足でウィルフレッドに抱きつくという姿のハルは、かろうじて水面から顔を出した状態で、ウィルフレッドの耳元に口をつけた。

「足つかないのが怖いせいか、それとも、明るいせいか、海ん中のせいか……ううん、全部かも。よくわかんないけど、なんだかすげえ興奮する」

小さな声で囁かれ、ウィルフレッドは思わず息を詰めた。耳たぶに触れるハルの唇も、耳に吹き込まれる息も、驚くほど熱い。その熱に煽られつつも、ウィルフレッドは平静を装って言葉を返した。

「……なるほど。そのようだ」

「んッ」

ウィルフレッドに抱きついたまま、ハルは身を捩らせた。ウィルフレッドが無造作にハルのそこに触れたのだ。ウィルフレッドの腹部に擦《こす》れただけで、そこはすでに確かな硬度を持って勃《た》ち上がっていた。

「やだ……。触んなくていい。やばい……からっ。んっ、ううっ」

水の中でやわやわと揉むように包み込むウィルフレッドの手にせめてもの抵抗を試みようとしたのか、ハルはウィルフレッドのたくましい肩に歯を立てる。

「つッ。……一昨日《おととい》の……この傷の仕返しか?」

ウィルフレッドは苦笑いで、ハルの細い首筋に自分が残した浅い傷口に舌を這わせた。いつもよりずっと敏感になっているらしきハルの身体は、そんな小さな刺激にも震える。

「お前は大きな魚のようだな」

そう言いながらハルの熱から手を離したウィルフレッドは、その手で後ろを探った。水の中では、ハルのそこは滑らかにウィルフレッドの指を受け入れる。それでも、指先を差し入れたその瞬間、ハルの両脚はひときわ強くウィルフレッドの腰を締めつけた。

「……痛むか?」

ふるふるとかぶりを振り、ハルは消え入りそうな声で訴えた。

「ちが……み、みず、入って……つめたっ……」

「……少しだけ我慢してくれ」

「ふ……う、ぅ……ん」

指を増やしながらゆっくりと中を探るウィルフレッドの指と一緒に、冷たい海水が身体の内側に入り込んでくる。その異様な感覚にさえ興奮してしまう自分の浅ましさに、ハルは戸惑った。

「な……ウィルフレッドも……いつもより……？」

切れ切れの囁きに、ウィルフレッドは掠《かす》れた声で言い返す。

「みっともないほどに。触ってくれるなよ。お前の中に入る前に果てたら……せっかくの旅行が、自己嫌悪で塗り潰《つぶ》されてしまいそうだ」

「ぷっ……お、大袈裟《おおげさ》だって……つか、俺もヤバイ……から、もう」

正直すぎるウィルフレッドの告白に、ハルは小さく噴き出しながらも正直に限界を訴える。

ウィルフレッドは頷くと、ハルの中から指を引き抜いた。片手で細い腰を抱き支えながら、みずからの熱をハルの後ろにあてがう。

「熱い……。水の中だからかな。なんか、いつもより熱く感じる……う、あ、ああっ……」

勝手に逃げようと浮き上がる腰をグイと引き戻され、ハルは甲高い声を上げた。

狭い内腔《ないこう》を、それこそ海水の入る隙もないほどみっしりと埋め尽くすウィルフレッドの熱塊が、ジリジリと奥へと進んでくる。

「くっ……ん、んう、うう……っ」

いつもよりずっとゆっくり、けれど容赦なく押し入ってくるものの圧倒的な質量を思い知らされつつ、ハルはただひたすらにウィルフレッドにすがりついて耐えた。

「……ふっ……」

すべてをハルの中におさめ、ウィルフレッドが荒い息を吐く。彼もまた、ハルのきつい締めつけに、ギリギリのところで耐えているのだと知り、ハルの胸に愛《いと》おしさがこみ上げた。

「動いても……いいか？」

「ん……」

頷く代わりに、ハルは腕を緩めた。互いの顔を見つめ合ってから、ハルはキスをねだるように黒い瞳を閉じる。その仕草に誘われるように、ウィルフレッドは噛《か》みつくような荒々しいキスを仕掛けた。

それを合図に、ウィルフレッドはハルのウエストを両手で支え、小柄な身体を自在に動かし始めた。

「んっ……く、ふ、う、ううっ……」

苦しげな声を漏らしつつ、それでもハルはキスをやめようとしなかった。

痛いほど強い日差しと、冷たい水と、身体の奥底を埋める灼熱《しゃくねつ》。水の中で頼りなく動く身体がすがれるものは、ウィルフレッドしかいないのだ。

水底の海草のように揺らされ、そのたびに深いところを強く抉《えぐ》られる。今ほどウィルフレッドを全身で感じたことはなく、あらゆるところで繋《つな》がっていたいという衝動に突き動かされて、ハルはいつにない執拗《しつよう》さでウィルフレッドの舌を味わった。

「う、ん、あ、は、はあっ、ぁ」

やがて、息苦しさに耐えかねて唇を離す頃には、ハルは半ば意識を飛ばしかけていた。初めての体勢、しかも海の中での交わりに、全身が過敏になっている。与えられる快楽は、もはや苦痛と紙一重だった。

「も……う……」

息絶え絶えに言葉を吐き出すハルを、強い欲望にけぶるような眼差《まなざ》しで見つめ、ウィルフレッドは頷いた。

「俺もだ」

そう言うなり、ウィルフレッドは力強い両手で、思いきりハルを抱きしめた。ひときわ強く突き上げられて、ハルはなすすべもなく上りつめる。

「ああっ……ぁ」

「……くッ」

ドクドクと注ぎ込まれる奔流を深いところに感じながら、ハルはグッタリと弛緩《しかん》し、ウィルフレッドの肩に小さな頭を預けた……。

「……大丈夫か？」

何度も心配そうに訊ねてくるウィルフレッドに、ラグの上にうつ伏せで寝そべったハルは、笑って頷いた。

「平気だって。ちょっとさ、水の中で揺さぶられすぎて、軽く酔っただけ。もう全然大丈夫ちまって」

だよ。……っつか、あんたこそ、大変だったろ。脱ぎ捨てたはいいけど、水着、波に攫《さら》われ

　クスクス笑いながらそう言われ、ハルの傍らに腰を下ろしたウィルフレッドは、渋い顔で頷いた。

「まったくだ。同じところで脱いだのだから、同じ方向へ流されていけばいいものを……まったく違う場所へ流れ着いていた。いったい、どういう理屈でそうなったんだかな」

　そう、ウィルフレッドに横抱きにされて浜に戻ったハルが、ラグの上で絶え入るように眠っている間、ウィルフレッドは流された二人の水着を捜し回っていたのである。

　ハルがやけにスッキリした気分で目覚めたときには、どうにか二人ともの水着を回収したウィルフレッドが、疲労困憊《こんぱい》して傍らに座り込んでいたというわけなのだった。

「ランチのオムレツ、絶品だったな。あれの作り方、ここにいる間に習おう。ジャガイモとタマネギと茸《きのこ》と……あと何か葉ものの野菜が入ってたんだっけ。かかってるソースも旨かったし、あれ、家でみんなに作ってやりたいな」

　さっき見せた艶めかしい表情はどこへやら、料理人の顔でそんなことを言うハルに、ウィルフレッドは食後のリキュールをちびちび舐めながら苦笑いした。

「まったく、お前は回復が早いな。ことが終わったときには死にそうな顔をしていたのに、少し寝て起きたら、もう腹が減ったと主張するんだから。まるで鳥の雛《ひな》だ」

「そ……そ、そ、それはっ。それはさ」

「うん?」

「うう……。ここにはホントに二人きりなんだって思ったら、思いきり羽目を外してみたくなっちゃってさ。で、なんにも気にせずに、ただひたすらあんたに集中してたら、どこもかしこも感じすぎて、全身グズグズになった。あのまま海に溶けちゃうかと思ったよ」

ハルの正直な感想に、ウィルフレッドは眉根を寄せる。

「それは……その、なんだ。よかったということか?」

ハルはさっと幼い顔を上気させ、けれど素直に頷く。

「今まででいちばんよかったかも。海の中って、あんなに身体が軽くなるんだな。なんて言ったらいいかわかんないけど……とにかく凄かった」

「だったらよかった。……俺もだ」

短く、けれど確実に照れた顔と声でそう言い、ウィルフレッドは自分を見上げるハルの頬に触れた。

「日暮れまでにはまだまだ時間があるが、もうしばらく休んでいるか? それとも、せっかくだから島を一周してみようか。支配人曰《いわ》く、この浜をずっと歩いていくと、洞窟《どうくつ》があるらしいぞ」

それを聞くなり、ハルは跳ね起きた。

「行く！　洞窟って、コウモリとかいんのかな？」

「いや、そこまで本格的なものではないと思うが……まあ、探険気分は味わえるかもしれんな。では、行ってみるか。ああ、パラソルから飛び出す前に上着を羽織って、帽子を被《かぶ》りなさい。日差しが強すぎる」

水着のままで飛び出していこうとするハルの手首を摑《つか》んで引き留め、ウィルフレッドはまるで母親のような小言を言った。


午後の太陽に照りつけられ、白い砂は火傷しそうに熱い。二人はサンダルを履き、のんびりと砂浜を歩いて島を一巡りすることにした。

一周といっても、島の中央部は、砂浜と切り立った崖《がけ》で隔てられた小さな山になっている。崖をよじ登って山頂を極めたいとはさすがのハルも思わなかったので、波打ち際を歩いて一周することにしたのである。

とはいえ、延々と続く砂浜と青い海という風景は、どんなに歩いても変わるものではない。最初こそ感動したものの、次第に飽きてくる。

だんだん二人とも無口になり、景色を楽しむより、とにかく島を一周することに意義がある、そんな気怠《けだる》い空気になってきたとき……。

「あっ、あれじゃないか、洞窟って！」

ハルが、弾んだ声を上げた。

確かに、砂浜が切れて小さな入り江になった部分があり、ごくささやかな洞窟の入り口が見える。

「そのようだな。波の浸食で、長年かかってできた洞窟なんだろう。少しだけ入ってみるか?」

「うん!」

好奇心いっぱいの笑顔で頷き、ハルはサラサラした砂を器用に撥《は》ね上げながら、洞窟に向かって駆け出す。

「こら、転んで怪我《けが》をするぞ」

「大丈夫! 先に行って、偵察してやるよ!」

そう言い置いてバタバタと走っていくハルの背中を見遣り、ウィルフレッドは深い溜《た》め息をついた。

「まったく、あいつの体力は底なしだな。しかも、好奇心の塊だ」

支配人からは、「洞窟はごく浅いので、中には何もありません」と聞かされている。けれど、初めてマーキスの外に旅したハルにとっては、何を見ても面白いのだろう。

その興奮と感激を共有できることを嬉しく思いつつも、年齢差のせいか、いささか疲れもするウィルフレッドである。

せいぜいゆっくり追いかけようと思っていると、いったん洞窟の中へ消えたハルの姿が、ほどなく再び現れた。しかも、行きより凄《すさ》まじいスピードで駆け戻ってくる。

その顔にいまだかつてない緊張の色が漲《みなぎ》っているのを見て、ウィルフレッドも緩んでいた頬を引きしめた。それまでとはまったく違う力強い足取りで、恋人のもとへと急ぐ。

「ハル、どうした？　岩で足でも切ったのか？」

「違う。それどころじゃないよ、ウィルフレッド！」

息せき切って戻ってきたハルは、上擦った声と引きつった顔で、叫ぶようにこう言った。

「人……人が、洞窟の中で死んでる……ッ！」

「なんだって⁉」

死人と聞いた瞬間、ウィルフレッドの顔は検死官の厳しいそれに変わる。

「とにかく、見てみよう。死んでいるように見えても、蘇生《そせい》できることもあるからな。行くぞ、ハル」

「はいっ！」

こちらも、ウィルフレッドが仕事モードに入れば、奥方の顔は振り捨てて検死官助手に徹するハルである。キリッとした返事をすると、ズカズカと洞窟へ向かうウィルフレッドのあとを追いかけた……。

三章　休めなかった人々

洞窟の入り口はそれなりに大きく立派に見えたのだが、内部に踏み込むとすぐ、天井が徐々に低くなっていることがわかった。波の浸食でできた穴だけに仕方ないのだが、ウィルフレッドには厄介な構造である。

「ほら、こっちこっち！」

小柄なハルは、岩がゴツゴツした足場をものともせず奥へ進んでいくが、大柄なウィルフレッドは、身を屈めないと進めないのだ。

「洞窟というより、洞穴《ほらあな》のほうが表現としては正確だな。……痛ッ。くそ、今ほどお前が羨《うらや》ましいと思うことはないぞ、ハル」

飛び出した岩に額をぶつけ、ウィルフレッドは照れ隠しにそんな軽口を叩く。

「チビもたまにはいいことあんだろ」

ハルは得意げに、ひょいひょいとことさら軽い足取りで岩の裂け目を飛び越えた。

「こら。調子に乗ると、怪我をするぞ」

「平気だよ！　ウィルフレッドこそ、転ぶなよ」

「まったく……。勝手なときだけ、人を年寄り扱いする奴だ。……うわっ」

ムッとした途端、濡れた岩で足を滑らせかけたウィルフレッドは、どうにか体勢を立て直し、憮然《ぶぜん》とした顔でハルのあとに続いた。


洞窟は徐々に狭くなりながら十メートルほど続いていたが、ハルが足を止めたのは、まだかろうじて光が届く中ほどだった。

「ほら、ここ」

ハルの指さした先、ゴツゴツした岩の上に、一人の男が仰向けに倒れているのが薄暗い中でもハッキリ見える。

「！」

ウィルフレッドの目が、途端に厳しくなった。彼は岩の上に片膝をつき、男の首筋に触れた。

「ふむ。……確かに、完膚《かんぷ》なきまでに死んでいるな」

「どうする？」

「本来ならば、警察が現場検証を行うまで、検死官が死体を弄《いじ》ることは許されん。現場に残された貴重な証拠を損なってしまいかねないからな」

ハルも、真剣な面持ちで頷く。

「だよな。けど……」

「夕方まで迎えは来ない上に、あんな小さな島だ。警察官の数も多くはあるまい。十分な捜査ができるとは思えない。解剖が行えるのは、かなり先になるだろう。そうなると、今度は死体から読み取れる情報が激減してしまう。それは、俺にとっても警察にとっても重大な損失だ」

ウィルフレッドはしばらく思案してから、こう言った。

「極力現場を損なわないよう注意しつつ、せめてこの場で死亡時刻だけでも推定しておきたいな」

ハルは我が意を得たりとばかりに頷く。

「俺もそれがいいと思う。つっても、さすがに仕事道具が何もないし、どうしようか。必要なもんがあったら、俺、走っていって取ってくるよ」

「ああ、では、若いお前に頼もう。とりあえず、死体を子細に見るには、灯《あか》りが必要だ。おそらく、非常用にランタンが一つや二つあるだろう」

「わかった。他には?」

「さすがに手袋……はないだろうな。手を拭くためのタオルを何枚か用意してくれ。二枚ほど、真水で濡らして絞ってきてくれると助かる。あとディナースプーンを一本」

「スプーン？」

「粘膜を押さえるのに使う。死体に傷をつけるわけにはいかないし、かといって、どんな病気を持っているかわからない。適切な器具のない今、極力素手で触らないようにしたいからな」

「あ、なるほどな。そんだけでいい？」

「ああ。あとは、使えそうなものを思いついたら、適当に持ってきてくれ。悪いが、俺は洞窟の入り口で少し休憩させてもらう」

「いいよ。じゃ、行ってくる！」

ハルは軽やかな足取りで来た道を戻っていく。

「やれやれ、元気なものだ。朝からずっと身体を動かしてばかりいるのにな……。というより、どうしてこうなるんだ」

ウィルフレッドは、ハルの姿が見えなくなると、力なく首を振った。

数時間前には海の中でロマンチックに恋人と抱き合っていたというのに、今、目の前にあるのは、むさ苦しい男の死体だ。

「結局、俺とハルに、ただ甘いだけの時間というのはありえないわけか」

そう呟いてみると、腹立たしさや失望を通り越して、滑稽《こっけい》にさえなってくる。まあ、こうなってしまったからには仕方がないと独りごち、ウィルフレッドは立ち上がると、身を屈めて出口へと歩き出した……。

「ウィルフレッド、灯りは一つ、このあたりでいいか？」

持ってきたランタンを死体から少し離れた岩の上に置き、ハルはウィルフレッドのほうを見た。もう一つのランタンを手に持ち、死体の傍らに片膝をついたウィルフレッドは、シャツの袖を肘《ひじ》までまくり上げ、頷いた。

「ああ、ちょうど全身がくまなく照らされる。そこでいい。こちらへ来て、このランタンを持っていてくれ」

「わかった！」

ハルにランタンを手渡すと、ウィルフレッドは死体の全身をしげしげと観察した。そして、特に顔面に注目する。

「ふむ。男性、年齢は三十歳から四十歳くらいか。中肉中背、あまり身なりはよくないな。髪には白髪《しらが》はないが手入れが悪い。髭もいわゆる無精髭だ。かなり煙草《たばこ》を吸うんだろう。歯がヤニで黄色くなっている」

スプーンで唇を少しこじ開けながら、ウィルフレッドはそんなことを言った。いつもは書

記役を務めるハルだが、さすがに荷物の中に筆記用具は見つからなかった。ウィルフレッドの言葉を一言漏らさず覚えておこうと、じっと耳を傾けている。

「あと、かなりの酒飲みだな」

「あっ、それはわかる。顔立ちはマーキス人なのに、肌の色がどす黒い。確か、肝臓が悪い証拠じゃなかったか？　でもって、酒を飲みすぎると、肝臓が悪くなるんだよな？」

「そうだ。そして、死亡時期だが……」

ウィルフレッドは男の顎関節に両手で触れた。

「む。動くな。……他はどうだ」

首、肩、肘、手首、指……と上半身の関節を確かめてから、同様に下半身の関節も曲げ伸ばしして、ウィルフレッドは小さく唸《うな》った。

「指の関節以外、死後硬直はすでに緩んでいる。ということは？」

教師が生徒の理解を確かめるような調子で問われ、ハルは少し緊張しつつもハッキリ答えた。

「いっぺんガチガチに固まった死体が、ほとんど全身緩んでくるのは……ええと、少なくとも死んで二日後？」

「正解だ。あとは……」

ウィルフレッドは瞼《まぶた》をこじ開けて眼球と結膜の様子を確かめ、シャツの襟首を緩めてそこから手を突っ込み、背中の様子を軽く確かめた。死体の体位をできるだけ変えないように配慮しているのだろう。

「血液も背中のほうへ移動しきっている。赤く変色した皮膚を指で圧《お》しても元に戻らないところを見ると、やはり死後二日程度が経過していると考えるべきだろうな」

「死因は？　血液が下がって溜まったのが見えるってことは、身体の外にも中にも出血はないってことだよな？　とりあえず、死体の周りに血溜まりはないみたいだし」

提げたランタンでウィルフレッドの手元を明るく照らしてやりながら、ハルは訊ねる。ウィルフレッドは頷き、さっき緩めたシャツの襟を大きく開いてみせた。ハルは、あっと声を上げる。

「首に、絞められた痕がある……っぽい？」

「だな」

ウィルフレッドは頷き、注意深く男の頸部《けいぶ》を観察した。かなりやわらかく幅の広い紐《ひも》状のもので絞められたらしく、索溝《さくこう》はあまりハッキリしない。

「洞窟の中はじっとりしているから、あまり傷口が乾かない。死体を回収すれば、きっと表皮が剥《は》がれたところが乾燥して、もっとわかりやすくなるはずだ」

「そんなもん？　時間が経ったほうがわかりやすいこともあるんだな。あ、でも顎に近いとこに、ちっちゃい傷がいくつかある。これ……アレだろ。首を絞められたとき、この男が紐を緩めようと指を突っ込んでできた傷だろ？」

ハルは感心しつつ、目を細めて頸部に注目する。ウィルフレッドは頷き、冷静に言った。

「つまりこの傷は、この男が意に染まず殺された、という証拠のようなものだ。……ふむ。さすがに洞窟の中はかなり涼しい。おかげで、死体の腐敗はまだ目立たないな。死体をいざというときまでここから動かさずにいてくれれば、腐敗の影響で手がかりが消えないうちに解剖できそうだ」

「だったらいいけど。……さすがに、服を脱がすのはダメだよな？」

「そうだな。このままの姿勢での観察がせいぜいだ。とにかく、この男がここでなんらかの事故で死んだのではなく、誰かに殺害されたことがわかれば今は十分だろう。現時点では絞殺が疑われるが、こればかりはきちんと服を脱がせて解剖してみないとわからない」

「そうだな。早いとこ捜査が始まって、あんたの出番が一刻も早く巡ってくるといいけど。……でもさ」

「うん？」

「そうなっちゃうと、俺たち、休暇中でも旅行中でもなくなっちまうなと思って」

「……そうだな」

そこで初めて、自分が検死官の顔に戻ってしまっていたことに気づいたらしい。ウィルフレッドはタオルで手を綺麗に拭ってから、ハルの頭をさらりと撫でた。

「すまない。せっかく十分な休息を兼ねた、楽しい旅にしようと思って遠出したのにな。この小島にお前を連れてきたばかりに、こんなことになってしまった」

ハルは、少し残念そうに、けれど笑顔でかぶりを振る。

「ウィルフレッドが謝ることなんかないよ。俺、ここに連れてきてくれて……二人きりの時間を作ってくれて、ホントに嬉しかった。短くても、一生ものの大事な思い出になったよ」

「ハル……」

「それに、ほらっ。こうして、洞窟で死体を偶然発見するなんて、そうそうあることじゃないもん。俺たちらしくて、なんだか面白いよ。……いや、面白がっちゃ、この死んでるオッサンに悪いけどさ」

「お前がそう言ってくれると助かる」

ウィルフレッドはハルを軽く抱き寄せると、額にキスして言った。

「では、とにかくここを出て、迎えを待とう。休暇の残りは束の間になってしまったが、せめて迎えの船が来るまでは、本来の旅行気分を楽しみたい」

「……俺も。なあ、あんた。そのうち警察の人間が迎えに来るから、それまでそこでおとなしく待っててくれよな。ウィルフレッドが、必ず死因と殺した奴、突き止めてくれるから」

まだ暗闇の中に取り残していくことになる男の死体にそう語りかけると、ハルはランタンを手に立ち上がり、ウィルフレッドと共にひとまず洞窟を後にした。

この時点では、二人とも、すぐに彼らの「休暇」は終わりを告げるだろうと考えていた。だが、事態はもう一段、おかしな方向に転ぶことになるのである。

夕方、行きと同じく船で迎えに来た宿の従業員たちに事情を話し、急ぎセイト島へと戻ったウィルフレッドとハルは、その足で島に一つだけある駐在所へと向かった。

驚いたことに、そこに常駐している警察官とは、マーキスから若い頃に派遣されてきたという年老いた駐在一人だった。

部下も一人だけ、それも警察官ではなく、島の十五歳の少年が、漁師と兼任で雑用係を務めているという有様だ。

道すがら案内してくれた宿の従業員が言うには、のどかなこの島では、殺人などもう百年近く起こっていない。傷害事件すら、過去三十年にただ一度、それも旅行者同士のいさかいだったらしい。

この島で起こる犯罪といえば、せいぜい酒の席の喧嘩《けんか》か、ちょっとした窃盗《せっとう》程度で、駐在の仕事は警察官というより、むしろ仲裁係に近い。そんなわけで、ウィルフレッドとハルから事情を聞いた駐在は、すっかり動転してしまった。

七十歳近いという彼の駐在人生に、初の「死者」が出現したのだ。無理もない。

その時点では、二人とも、顔色を失って狼狽える駐在を哀れに思っていた。

ところが、状況はあっという間に二人の予想の斜め上へと向かった。

とにかく部下の少年をマーキスへと急ぎ向かわせた駐在は、こともあろうにウィルフレッドとハルを留置所に入れると宣言したのである。

これにはウィルフレッドは眉間を片手で押さえ、ハルは発火装置でもついていそうな勢いで激怒した。

「ちょっと待てよ！　なんでそうなるわけ？　俺たちはただの旅行者なんだぜ？　たまたまあの島へ行って、たまたま洞窟に入って、たまたま死体を見つけただけじゃん！　そんでもって、親切にあんたにこうして知らせてやったってのに！」

木製の机を叩いて抗議するハルに、話を聞いて以来、倒れ込むように椅子に座っていた駐在は、痩せた身体を興奮に震わせて言い返してきた。

「うるさい！　だいたいなんだってお前たち、洞窟なんぞに入ったんじゃ。そこがそもそもおかしいじゃろうが！」

「別におかしくねえよ！　何もない無人島へ行って、そこに洞窟がありゃ、入ってみたくなんのが人間ってもんだろ。ったく横暴にも程があるぞ。俺たちは、ただの第一発見者なんだよ！」

「その第一発見者を最も疑えっちゅうのが、ワシが警察官になったとき、上司から教わったことだ。というか、正直それしか教わっとらんから、それを守るしかないじゃろう！」

古ぼけ、色あせた制服を着込んだ駐在は、せいいっぱいの虚勢を張ってハルに言い返す。かなり情けない発言なのだが、それに気づく余裕は本人にはないようだ。

「うはあ……。いいか、爺《じい》さん。よく聞けよ」

ハルはあまりのことにガックリ肩を落とし、それでもどうにか駐在を説得しようと根気強く説明を試みた。

「俺たちは、昨日の夕方、このセイト島に来たんだ。それは、乗船記録でも調べりゃすぐわかる。でもって、あの島へ行ったのは今朝だ。それも、宿の連中に訊《き》けば一発でわかるはずだ」

「それがなんじゃと……」

「あの死体、殺されてから二日は経ってるんだ。ってことは、どう考えたって俺たちに殺せるわけないだろ！」

「そんなことがわかるっちゅうのがまた怪しい！」

「だからそれは説明したろ！　ここにいるウィルフレッドは検死官……」

「なんじゃ、その胡乱《うろん》な役職は。そんなもん、ワシゃ見たことも聞いたこともないわ！」

「ちょっと待てよ！　あんた、一応はお巡りだろ。なんで検死官を知らないんだよッ。あんたこそ、マジで警察官か？」

「お前、ワシを愚弄《ぐろう》する気かッ」

「ハル、落ち着きなさい。長らく検死官の席は空席だったと聞いている。彼がマーキスで修業した頃には、検死官は不在だったんだろう」

二人の言い争いにゲンナリした様子で、ウィルフレッドはハルに小声で囁く。

「あああ……そっか。そういうことかよ」

ハルは肺が空っぽになりそうなくらい、盛大な溜め息をついた。

「だー、じゃあどう言えば信用してくれるんだ、この爺さん。俺たちはマジで、牢屋《ろうや》に入れられるようなことは全然やってないんだってば」

しかし駐在は、そんな二人にどうにか言うことを聞かせようと、腰のサーベルに手をかけた。

「何をどう申し開きをしても、こっちは聞く耳を持たん！　とにかくおとなしゅう言うことを聞け！　でないとこれで一突きじゃぞ！　う、ええいっ」

しかし、これまた剣を抜くのも初めてなのか、サーベルは彼の腕には長すぎ、抜くだけで一苦労である。ようやく引き抜いたサーベルをへっぴり腰で二人に向かって突きつけ、駐在はゼイゼイと荒い息をしながら声を張り上げた。

「今、使いのもんをマーキスに向かわせとる。潮はこっちからマーキスへ流れとるから、明日の昼前までには着くじゃろう。あいつがマーキス警察の援軍を連れて戻るまでは、お前らを何があっても自由にするわけにはいかん。いいかっ！　逆らえば本当に斬《き》り捨てるぞ！」

台詞だけは居丈高だが、重いサーベルを支え持つ手はブルブルと震えている。ウィルフレッドは嘆息して、こう言った。

「仕方ない。ハル、今の彼に何を言っても無駄なようだ。今はおとなしく言うとおりにしよう」

「マジで？　だって牢屋だぜ⁉」

「……この場で彼に憤死されては、さらに厄介だ」

「あー……違いねえ」

今にもこめかみの血管を破裂させそうに浮き立たせ、必死で凄んで見せる老人を見て、ハルはいかにも渋々両手を上げ、降参のポーズをしてみせた。


そんなわけで、二人は駐在所の裏手にある、留置所とは名ばかりの粗末な小屋に入ることとなった。

おそらくこの島独特の建築方法なのだろう、平たく割った石を積み重ね、粘土で隙間を埋めた素朴な構造の小さな小屋には、ごく小さな窓が一つしかない。錆《さ》びついた鉄格子が嵌まったその窓にはガラスがなく、外の風がかろうじて入ってくるのが不幸中の幸いだった。

床は廃材とおぼしきガタガタの板をツギハギして敷きつめてあり、そこにこれまた丸太で作ったベンチと、台だけでマットレスのないベッドが一台あるのみだ。

「いいか、マーキスから援軍が来て取り調べが始まるまで、そこで神妙に待っておれ！　おとなしくしていれば、あとで晩飯を持ってきてやるでな」

そう言って、壁に唯一の灯りであるランタンを引っかけ、駐在はやれやれといった様子で留置所を出ていった。小屋の素朴さに不似合いな、やけに頑丈な扉が閉められ、外から閂《かんぬき》を下ろしているらしき金属音が聞こえる。

ハルはムスッとした顔で扉の真ん前に立ち、まだ近くにいるであろう駐在に向かって声を張り上げた。

「あーあー、せっかくいい宿取ってるのに、なんだってこんなとこにいなきゃいけないんだよ。宿代もったいない！　俺たちが無関係だってわかったら、ちゃんとあんたが弁償するんだろうな！　おい！」

留置所に入れられているという危機的状況より、宿代が無駄になったことに憤慨するハルに、ウィルフレッドは苦笑いする。

「ハル。もういいから、こっちへおいで。何を言っても、彼は俺たちをここから出す気はないだろう」

「うー。なんかすっごいムカツク！」

憤然としながらも、ハルは扉から離れた。ウィルフレッドは、二枚しかない毛布の一枚をベッドに敷き、そこに腰を下ろした。ハルも隣にドスンと荒々しく座る。

ゴワゴワした毛布は分厚く、板の硬さを和らげてくれはしたが、それでも心地よい場所からはほど遠い。

おそらく、平和なこの島では、留置所など使うことは滅多にないのだろう。室内にはどこもかしこも分厚く埃《ほこり》が溜まっており、さっきハルが荒っぽく歩いただけで勢いよく舞い上がってしまった。

「そう怒るな。無駄なことで体力を使うより、少しでも身体を休めよう」

「でもさあ。いくらなんでも俺たちを犯人扱いとか、酷すぎねえ？　さすがにこの展開は読めなかったぜ」

「俺もだ。だがまあ、島にいたのが俺たちだけだったのだから、やむを得まい。あの駐在にあれこれ説明したところで、まさに暖簾《のれん》に腕押しだ。おとなしく、マーキスからの援軍を待とう」

「うー」

ハルは心配そうに眉を曇らせ、ウィルフレッドにもたれかかった。

「だけどさ。その援軍ってのも、俺たちの無実を信じてくれなかったら……」

「それはあるまい。心配するな。……ああ、せっかくの綺麗な黒髪が、塩水でバリバリだな。可哀想《かわいそう》に。こんなことになるとわかっていたら、宿で風呂《ふろ》に入ってから来たものを」

ウィルフレッドは涼しい顔で、宥めるようにハルの頭を撫でる。子供扱いされたハルは、ふくれっ面で頭を振り、ウィルフレッドの手を払い落とした。

「いや、そんなのどうでもいいし！　なんでそんなに自信たっぷりなんだよッ」

するとウィルフレッドは、涼しい顔でこう言い返した。

「我々が厄介な目に遭っていると知って、あの男が黙って手を拱《こまね》いているとは思えない。違うか？」

「あ！　もしかして、それってエドワーズのオッサンのことか？　そっか。きっと、俺とあんたの身元確認をマーキス警察でするもんな。きっと、エドワーズのオッサンに話が届くよな？」

目を丸くするハルに、ウィルフレッドは口の端でチラと笑って頷いた。

「ああ。必ず彼がやってくるよ。あの駐在に我々を尋問できる度胸も技量もないだろうから、エドワーズが到着するまで、我々はここで待つだけでいい。それまでどうにか退屈の虫を鎮めるのが、目下の最大の課題だ」

「俺、退屈なんかしないけど」

そう言って、ハルもようやく笑顔に戻る。

「そうか？」

「うん。一人だったら退屈で死ねると思うけど、あんたが一緒だもん。二人でいれば、退屈することなんてないだろ。喋りたいこと、いっぱいあるから」

幼い伴侶の可愛い言葉に、ウィルフレッドのいつもは鋭い暗青色の瞳も和む。

「それもそうだな。お前とゆっくり過ごす時間がほしくて、ここに来たんだ。ある意味、究極の二人きり空間と言えないこともない」

「そうそう。近くにいるのはあのジジイだけだし、それも俺たちに何をするでもなく、ただ飯を運んできてくれるだけだもん」

ハルはクスクス笑いながら、甘えるようにウィルフレッドの肩に頭をもたせかける。ウィルフレッドは、残った一枚の毛布で、自分とハルの身体を包んだ。

「寒くないか?」

「この島は暖かいから、全然平気だよ。だけどこんなベッドで気持ちよく眠れるわけないよな、ったく」

「確かに待遇は劣悪だが、幸い我々は二人とも、どんな場所でも眠れる育ちだ。……だろう?」

「違いねえ」

ハルは肩を竦めると、靴を脱ぎ捨て、両脚をベッドの上に投げ出した。少しでも快適に過ごせるように、みずから努力する気になったらしい。

「埃っぽいけど、フライトが入れられてた地下牢に比べりゃ全然マシだ」

そんなことを言うハルに、同じように靴を脱ぎながら、ウィルフレッドは眉をひそめた。

「そんなに酷かったのか？　マーキス警察の牢獄というのは」

「酷いなんてもんじゃなかったよ。日は差さないし、ジメジメして黴臭《かびくさ》いし、なんか地下水がポタポタ落ちてる音とかするし！　おまけにフライト、両足を鎖に繋がれてたんだぜ。ったく、今思い出しても、猛烈に腹が立つ！」

憤然と言い放ち、ハルはウィルフレッドの落ち着き払った横顔を見た。

「あれに比べりゃ、ここなんて普通の部屋だよ。それに、あんたと一緒だしな。……あのさ。せっかく時間が死ぬほどあるんだから、聞きたい話があるんだけど」

「うん？」

「あんたの子供時代のこと。これまでもちらほら聞いたことはあるけど、もっとたくさん聞きたいな」

思わぬリクエストに、ウィルフレッドは暗青色の目を見張った。

「俺の？　北の国での話か？」

ハルはごわつく毛布の下でウィルフレッドに寄り添い、呟くように言った。

「うん。俺、孤児院育ちだろ？　あんたが北の国で、お母さんとどんなふうに暮らしてたんだろって想像しようと思っても、上手くいかないんだ。お母さんって……よくわからないから」

「ハル……」

あらためて少年の孤独に触れ、ウィルフレッドは胸を打たれる。ハルは、しんみりした笑顔で言った。

「可哀想がらなくてもいいんだぜ？　ただ、なんていうの。普通の家庭ってどんなだろうって、知りたいだけだから。……駄目か？」

探るような黒い瞳に、ウィルフレッドは微かに笑って言った。

「いいとも。……俺の母は、とても厳しい人だった。幼い頃の俺は、よく叱られた。仕置きだと言って、棒で手を打たれたりしたこともある」

「マジで？　お母さんって、もっとこう、優しい存在じゃないの？　こう、守ってくれて、ぎゅーっと抱きしめてくれる、みたいな」

「優しさと厳しさは、同じ源からいずるものだ」

ウィルフレッドは静かにそう言い、ハルの小さな肩を抱いた。

「愛おしく大切に思うからこそ、厳しく叱る。正しい、立派な大人になってほしいと心から願うからこそ、親は、悪いことを悪いと教え込むために叱るんだ」

「……大事に思うからこそ、かあ」

「ああ。我が家は父親不在だったから、母は自分が父と母を兼ねなくてはと思っていたんだろう。普段は朗らかで優しい人だったが、叱るときは鬼のようだったよ」

懐かしそうにきつい目を和ませ、ウィルフレッドは話を続けた。

「だが、叱られて俺が泣きながら謝ると、いつも決まってしっかりと抱きしめてくれた。そのときの母の顔を見ると、母も俺を叱るのはつらかったんだとわかって、叱られたときより胸が痛かったものだ。……ハル」

「何？」

自分を見つめる黒いつぶらな瞳を見返し、ウィルフレッドは大真面目な顔で言った。

「残念ながら、俺はお前の母親になってやることはできない」

恋人の突飛な発言に、ハルは面食らって目を白黒させる。

「そ、そりゃそうだよ。だってあんたは……」

「だが、母は俺に、愛情とは何かを生涯かけて教えてくれた。そして今、俺は、俺の持てる愛情のすべてをお前に注ぎたいと思っている」

「……ウィルフレッド……」

「奇妙に聞こえるかもしれないが、俺がお前に向ける愛情には、母が俺にくれたものも多分に含まれているだろう。母が存命なら、俺が心から愛するお前のことも、我が子のように愛そうとしたはずだ」

「……俺みたいのでも、ウィルフレッドのお母さん、抱きしめてくれたかな？」

「もちろんだ。母は最期まで、俺が打算で結婚したことを許さなかった。もし死後の世界があるのなら、そんな俺が本当に愛する人間と絆を結べたことを、きっと喜んでくれていると思う」

「そっか……。なんだかそう言ってもらえると嬉しいな。俺にもお母さんができたみたい」

「帯の儀を挙げたからには、俺の母はお前の母でもあるよ。……この世にもういないのが残念でならないが」

そう言って、ウィルフレッドは少し悪戯っぽい、明るい声音で言った。

「母を偲《しの》んで、ここにいる間、子供時代の話をたくさん聞かせよう。だからお前も、孤児院での日々について、もっと俺に話してくれ」

ハルは、少し困った様子で首を傾げた。

「いいけど……。でも俺のほうは、あんたと違ってそんなに楽しい話はないぜ？　俺、いじめられっ子だったし、十六歳まで、孤児院から外に出たことがなかったんだから」

「構わない。せっかく時間があるんだ。我々が出会うまでの道のりを互いに知っておくのは、悪いことではないだろう。相互理解が深まれば、もし意見の不一致を見たときも、なぜそうなったかを推測しやすいはずだ」

あくまで理路整然と説くウィルフレッドに、ハルはなんだかおかしくなってきて、クスクス笑いながら頷いた。

「いいよ。何しろ、腐るほど時間があるんだもんな。……ええと、助手がマーキスに着くの、早くても明日の昼くらいだろ？」

「そうだな。潮の流れは、こちらからマーキスに向かっていると言っていた。おそらくはそのくらいの時間で到着できるだろう。それから、マーキス警察に我々の身元を照会し、殺人事件の捜査部隊が結成されてマーキスを出発するまでに半日以上。警察はおそらく高速艇を出すだろうが、セイト島到着には一日足らずの時間を要するだろう。……とすると」

「援軍が来るのは、三日後の朝から昼ってとこかあ」

「そうだな。じっくり話せそうだ」

「舌と口が疲れて回らなくなるかも。でも、何もせずに二人きりで二日も三日も過ごすなんて、初めてだもんな」

「せいぜい、充実した時間を過ごそう。……では、最初は俺から話そうか。お前がいつも俺をからかう芋の話だ。貧しくて芋を買うことすらままならないことがあったから、母と俺は、自分たちで芋を育てていた。だが、外に植えては誰かに掘り出され、盗まれてしまう。だから俺たちは、自宅で……それも居間で、芋を作っていたんだ」

「マジで！　どうやって？　まさか、居間に畑があったわけじゃないよな」

「それは無理だ。俺たちは大きな麻袋をもらってきて、そこに土と肥料を詰め込み……」

もうとっぷり日は落ちて、留置所の中はランタンの頼りない光でぼんやり照らされているばかりだ。そんな中、ウィルフレッドとハルはしっかりと身を寄せ合い、睦まじく語り続けた……。

＊　＊

そして、三日後の早朝。硬く狭いベッドの上で寄り添い、ぐっすり眠っていた二人を叩き起こしたのは、扉の向こうから響いてくる凄まじい怒号だった。

「てめえ、この馬鹿が！　いったい全体、なんてことをしやがったんだ！　知りませんでしたじゃ済まねえ大ポカだぞ」

「…………う？」

石壁をビリビリ震わせるような罵声《ばせい》に、ハルは眠い目を擦り、傍らでやはり目を覚ましていたウィルフレッドの顔を見た。ウィルフレッドの端整な顔には、小さな苦笑いが浮かんでいる。ハルも、耳をそばだてていた。

「あの声……来たっぽい？」

「ああ。予定より少し早かったな。ずいぶん船の石炭を奮発したんだろう」

そう言うとウィルフレッドはベッドから下り、衣服の乱れを直し始めた。ハルも立って、うーんと大きな伸びをした。

二晩も硬い板だけのベッドで眠ったせいで、身体の節々が強張《こわば》り、鈍く痛む。それでも、ようやくこの埃っぽい部屋から出られそうだと思うと、少年の身体には力が漲ってきた。

「とにかく鍵《かぎ》をよこせ！　ああ、あとは何もかも俺がやる。てめえは家に帰って一寝入りしたら、いつもみてえに島の巡回でもしてろ」

どうやら哀れな駐在に指示を下しているらしきエドワーズ警部の野太い声が聞こえ、留置所のほうへ近づいてくる複数の足音が聞こえた。

「早く！　ほら、早く開けなって！」

「うるせえな！　今開けるってんだ。畜生、この錠前、錆びついてやがる」

「つべこべ言わずに、早くしな！」

聞き慣れた艶っぽい、けれど相当怒気を含んだ声がしたかと思うと、ガチャガチャというけたたましい音を立てて錠前が外され、扉が開く。

次の瞬間、凄まじい勢いで飛び込んできたキアランにいきなり抱きしめられ、ハルは目を白黒させた。

「キアラ……むがッ」

「ハル、ああ、ハル！　無事でよかったよ！」

いつもは落ち着き払っているキアランの声が、わずかに上擦っている。よほど、ハルの身を案じていたのだろう。

フリルがたくさんついたキアランのよそ行きのシャツからは、いつもつけている香水の甘い匂いがする。その香りに包まれ、優しく背中を撫でられると、ハルは肩に入っていた力がたちまち抜けていくのを感じた。

ウィルフレッドが一緒にいたので恐怖を感じることはなかったし、けっこう楽しく過ごしていたのだが、やはりそれなりに緊張していたのだと思い知らされる。

「キアラン……来てくれたんだ?」

「当たり前だろ! ジャスティンと二人で駆けつけたよ。まったく、まさかジャスティンのときみたいに、あの馬鹿なお巡りに手荒な真似《まね》はされてないだろうね? そんなことがあったら、このキアラン様がただじゃおかないよ」

そんな物騒なことを言いながら、キアランはようやく抱擁《ほうよう》を解き、ハルの頬を自分の両手で包んだ。そして、美しい緑色の瞳でハルの顔を覗き込む。

「よかった。思ったより顔色もいいし、元気そうだね。でも、怖かったろ? 三日もこんなところに放り込まれて。可哀想に」

意外なまでに心配そうなキアランに、ハルは笑ってかぶりを振った。

「大丈夫だよ。ウィルフレッドと一緒だったから怖くなかったし、俺たち、悪いこと何もしてないんだもん」

「それでも、勝手に罪をでっち上げるのが警察ってもんだよ。まったく、僕の大事な旦那様と奥方様に、なんてことをしてくれたんだろうね、この島の駐在は! あとで、僕がギニャーッと言わせてやるからね!」

プリプリ怒るキアランを横目に、静かに入ってきたフライトは恭しくウィルフレッドに頭を下げた。

「ご無事で何よりでした、旦那様。エドワーズ警部から連絡を受けて、すぐに留守を他の者たちに託し、キアランと二人で警察の船に飛び乗りました。もしや不当な尋問など受けていらっしゃるのではないかと、二人で気を揉みましたが……」

「大丈夫だ。この平和な島の駐在には、尋問や拷問といった荒っぽいスキルは備わっていなかったらしい」

「それは不幸中の幸いでした」

かつて殺人の濡れ衣を着せられ、地下牢に拘留された上、かなり手荒い尋問を受けた経験のある執事は、心底安堵した様子でそう言い、ハルとキアランをチラと見た。

「もしもお二方に……特にハル様に滅多なことがあれば、わたしにはキアランを抑えるすべはなかろうと恐れておりましたよ。この駐在所に血の雨を降らせずに済んで、本当にようございました」

「おいおい、物騒なこと言ってくれるなよ。可哀想に、駐在の奴、隅っこで縮み上がってたぜ」

苦笑いで口を挟んだのは、マーキス警察のエドワーズ警部だ。知った顔を次々に見ることができて、ハルの顔にもようやく心からの笑みが戻った。

「何言ってんのさ。駐在の顔を見るなり、真っ先に凄い剣幕で怒鳴りつけたのはあんただろ、警部さん」

キアランも、ウィルフレッドとハルの無事を確かめたことでようやく怒りのレベルを少し下げ、いつもの落ち着きを取り戻し始める。

「まあな。……よう、先生に小僧。おはようさん。今回は、災難だったな」

どこか事態を面白がっているようなエドワーズのニヤニヤ顔に、ハルはムッとした顔で言い返した。

「ホントだよ！　無駄になった宿代、警察が弁償してくれるんだろうな、オッサン」

「おいおい、お前はもう奥方様なんだから、そんなケチくさいこと言うなよ。無論、埋め合わせはさせてもらうが、間違っても駐在を訴えたりはせんでやってくれよ。お巡りになって以来、何ごともなく平和に過ごしてきた男だからな」

「そんなことはしないけどさ。っつか、駐在の爺さん、どうしてんの？　昨夜は、晩飯差し入れてくれたけど」

「平和ボケした頭にはショックが強すぎたらしくて、胃が痛いって唸ってやがる。ひとまず家に帰すさ。……まあしかし、今度のことは本当にすまんな、先生。検死官どのを牢にぶち込むたあ、とんだ失態だ。署長も、話を聞いて顔色を変えてた。たぶん、マーキスに戻ったら、詫びを入れに飛んでくるだろうよ」

苦笑いでそう言ったエドワーズに、ウィルフレッドは平然とした顔で頷く。

「重要参考人を留置所に確保する。警察官としては悪くない行動だったさ。それより、こんなに早く来てくれて感謝する、エドワーズ。あと半日はここで過ごす覚悟だった」

エドワーズは、牢屋の外を指して、広い肩を揺すった。

「そう言ってくれるとありがてえ。ま、とにかくこんな陰気な場所を出て、宿で朝飯でも食いながら事情を聞かせてくれ。この事件は、たった今から俺が仕切る。よって、悪いがこれにてひとまず休暇は中断だ、ウォッシュボーン先生。検死官の顔に戻ってもらおうか」

「やむを得ないな。……ハル？」

「しょーがねえよな。他ならぬオッサンの頼みだ。頑張ろうぜ、ウィルフレッド」

「そうだな。……この三日、お前と二人でよく喋った。これからは、寡黙に職務に打ち込むとしよう」

顔を見合わせて同時に溜め息をつくと、ウィルフレッドとハルは連れ立って独房を出ていく。

フライトは、まだ毛を逆立てた猫のように怒っているキアランの腰を軽く叩いた。

「ほら、お前もいつまでも怒っていないで。お二方がお仕事に戻られる以上、我々もここに留《とど》まり、お手伝いをせねばならん。気合いを入れ直しなさい」

「わかってるよ！　でもやっぱ、あの駐在、二、三発引っぱたきに行ってもいい？」

ったのだった。


「駄目だ。いいから来なさい」

「ちぇっ」

キアランは盛大に舌打ちし、フライトに引きずられるようにして駐在所をあとにしたのだった。


「湯加減はよろしいですか？　少し熱いお湯をお足ししましょうか」

「ああ、頼む。少し温《ぬる》くなってきた」

大きな浴槽にゆったりと身体を預け、ウィルフレッドは心地よさそうに両手で湯をすくい、顔にかけた。フライトは、浴槽に熱い湯を少しずつ足しながら、気の毒そうに主を見た。

「本当にご災難でしたね。潮の匂いは落ちましたか？」

「ああ、ようやく。すまないな、何度も湯を汲ませて」

「何をおっしゃいます。それがわたしどもの務めですよ。きっとハル様も、今頃は我々の部屋の浴槽で同じようにおくつろぎでしょう」

そう言うと、浴槽の縁に後頭部を載せ、半ば天井を仰いだ姿勢のまま、ウィルフレッドは目を閉じてふっと笑った。珍しい主の上機嫌な様子に、浴槽の脇に控えた執事はむしろ心配そうに訊ねる。

「旦那様？　如何《いかが》なさいました？」

ウィルフレッドは瞼を開き、横目でフライトを見て、まだ笑みを浮かべたまま言った。

「いや。さっきのキアランは、なかなかに大迫力だったと思ってな」

それを聞いたフライトの整った甘い顔に、なんとも言えない羞恥《しゅうち》の表情が浮かぶ。

「まことに申し訳ありません。奥方様の教育係でありながら、ああも派手に騒ぎ立てるなど……。旦那様に恥を掻かせてしまい、恐縮です。あとで厳しく叱っておきますので、どうぞご容赦のほどを」

するとウィルフレッドは、頭を上げてむしろ不思議そうに言った。

「何を謝ることがある。まして叱る必要など、どこにもない」

「ですが……」

「ハルのためにあんなに必死になってくれて、俺はむしろ心から嬉しく思っているんだ」

「それは……それがあれの職務ですので」

「単に仕事熱心なだけでは、あの人生経験豊かなキアランが、あそこまで取り乱しはすまい。ハルのことを心から思ってくれているからこそだ」

「それは……はい」

フライトはまだ少し戸惑いを残しながらも、苦笑いで頷いた。

「エドワーズ警部の使いの方より報《しら》せが入ってからというもの、キアランの動揺ぶりはただごとではありませんでした。警察の船に乗ってからも、ろくに眠らず、食事もあまり喉を通

らない様子で」

「……そこまでか。以前、お前が投獄されたときには、強がりもあったんだろうが泰然自若としていたがな」

「それを、わたしを信頼してくれていたからだと取るか、ハル様をより深く案じていると取るかは微妙なところですが、実のところ、わたしも少し驚きました。あれは見かけよりずっと情の深い人間ですが、ハル様のことはその中でも特別なのでしょう。何にたとえればいいか、今すぐには思いつきませんが……」

「子を守ろうとする母親のようだ、と俺は思った」

ああ、と納得の声を上げて同意するフライトに、顎の先まで熱い湯に沈めたウィルフレッドは、しみじみとした口調でこう言った。

「ハルは、母親の愛情を知らずに育った。無論、俺とて最大限の愛情をあいつにやりたいと思っているが、キアランのように身を挺《てい》して守ってくれる人間が傍らにいるのは心強かろう。人の心や愛情は、金銭では購《あがな》えないものだ。彼がハルを大切にしてくれることを、俺は本当にありがたく思っているんだ」

「もったいないお言葉です」

フライトは恭しく一礼し、少し躊躇ってから口を開いた。

「キアランは、わたしにも過去のことをあまり語りたがりません。語りたいようなことなど何もないからと。……ただ一度、何かの弾みで、自分は幼い頃、実の親に売られたんだと申しておりました」

「実の親に……」

「子供の頃から顔が綺麗だったから、いい金になったんだろうと冗談めかして申しておりましたが……。おそらくあれも、親の愛情をろくに受けずに育ったのでしょう。だからこそ、ハル様が他人とは思えないに違いありません」

「なるほど。待遇はずいぶん違えど、男娼をしていた経験も共通しているからな」

「はい。たいへん僭越な物言いではございますが、キアランにとってハル様は、弟のような存在なのだと思います」

「そうか。ハルにとっても、そんなふうに思ってくれる人物がいることは幸いだ。そして、そのキアランをハルに結びつけてくれたのはお前だ、フライト」

ウィルフレッドは深い溜め息をつき、フライトの青い瞳を見た。

「……お前を雇い入れたとき、口さがない連中が親切面であれこれ言ってきた。お前がかつての職場を解雇された理由だの、その後身を置いていた場所だの。訊きもしないのに、ご注進と言わんばかりにずいぶん詳細な事情をな」

「……はい」

唐突に過去のことを語り始めた主に、フライトは戸惑いつつも相槌を打つ。

「お前は別にそうしたことを俺に隠そうとはしなかったが、俺のほうも、お前についてどんな悪評を耳にしようとも、たとえ金目のものは隠しておけなどとずいぶんと酷い忠告を受けようとも、気に留めなかった。……なぜだと思う？」

するとフライトは、真顔でウィルフレッドを見返した。

「失礼ながら、それについてはわたしもずっと疑問に思っておりました。旦那様ほどのお方なら、執事にはもっと立派な経歴を持った者をお雇いになれるだろうにと。旦那様は、過去は問わないとおおせでしたが、なぜ、わたしのようなやくざ者をあえてお屋敷に置いてくださったのでしょう」

執事の戸惑い混じりの言葉に、ウィルフレッドは薄く笑ってこう言った。

「お前が、俺と同じ目をしていたからだ。過去の罪に足を取られて自由に動けないまま、それでもどうにかして前へ進もうともがいている……そんな人間の目だった」

「…………」

「俺もまた、大きな過ちを犯した人間だ。どれほど悔いても反省しても、過ちや罪は消えるものではないと、骨身に染みて知っている。だが、それを乗り越え、罪人でも新しく生き直すことはできる。本気で努力すれば、よりよい人生を送ることはできるはずだ。当時の俺は、どうにかしてそう信じたかった」

「旦那様……」

「だからこそ、お前にその機会を与えたんだ。愛する者を助けたいと、お前は初対面の日に言った。愛を知る人間なら、人生をやり直す気概もあろうと。……俺は、執事として立ち直るお前を見て、自分にもいつか光差す日が来ると信じたかったのかもしれん」

珍しく饒舌《じょうぜつ》にそう言って、ウィルフレッドは照れくさそうにフライトを見た。

「そして実際、俺はハルに出会って救われた。ハルとのことも……お前が助言してくれなければ、互いの心がすれ違ったまま、俺はあいつを失っていたかもしれない。キアランが助けてくれなければ、ハルの命は暗殺者に奪われていたかもしれない。……そう思うと、巡り合わせの不思議を痛感する」

こんな格好のときになんだが、と小さく咳払いして、ウィルフレッドはこう続けた。

「ありがとう、フライト。お前のような男が執事でいてくれることは、我が家の誉れだ」

「……身に余るお言葉です。わたしこそ、旦那様のような方にお仕えできることを、この上ない幸せに思っております。そんじょそこらの執事ではとても味わえない、こうした事件にかかわることもできますし……」

「退屈しないで済むだろう」

「おおせのとおりで」

いつもの不敵な笑みを浮かべた執事に満足げに頷くと、ウィルフレッドは深い息を吐いた。

「さてと。お前が入浴と休息が必要だとかけ合ってくれたおかげで、ゆっくりできた。しかし、さすがにあまり待たせすぎては、エドワーズが痺《しび》れを切らすだろう」

「そうですね。辣腕《らつわん》のエドワーズ警部のことですから、きっと捜査態勢を着々と整えつつ、旦那様とハル様のご準備ができるのを待ちわびていらっしゃるでしょう。……お支度を」

「ああ」

ウィルフレッドは少し名残惜しそうに浴槽を出る。フライトは、主の堂々たる体軀《たいく》に、そっと湯上がりのローブを着せかけた……。

四章　トラブルに愛される男

「おっ、風呂に入って男ぶりが上がったな。いや、元に戻ったと言うべきか、ウォッシュボーン先生。それなりに長いつきあいだが、あんたの髭面なんて初めて見たぜ」

ウィルフレッドとハルが滞在する客室に入ってきたエドワーズ警部は、開口一番そう言ってニヤリと笑った。

ハルと共に朝食のテーブルについていたウィルフレッドは、やや迷惑そうに、綺麗に剃《そ》り上げた顎を撫でる。

「仕方がないだろう。留置所に入れられている間、洗顔は許されたが、刃物は持たせてもらえなかったんだからな。……朝食は？」

「ああ、喋ってる間に軽くもらおう。小僧……いや、こういう場所では奥方と呼ぶべきか？ ちったぁ、機嫌直ったか？」

エドワーズは、ウィルフレッドとハルと同じテーブルにつく。テーブルの上には、新鮮なフルーツや卵料理、焼きたてのパンなどが並んでいた。

ウィルフレッドと同様、風呂で存分にリフレッシュしたハルは、カリカリに焼いた塩漬け豚の薄切りをほうれん草のフリカッセと共に頬張りながら、むくれた口調で挨拶を返す。

「おはよ。今さら気持ち悪い呼び方すんな。小僧でいいよ。……はあ、やっとまともなもの食えた。あの駐在が持ってくる食料って、焼いた魚を硬いパンに挟んだやつばっかだったぞ。まずくはなかったけど、さすがに三食それだと死ぬほど飽きた！　噛むの大変で、顎も疲れた！」

「あーもう、悪い悪い。マジでこの事件が終わったら必ず埋め合わせをするから、もう怒んでくれよ。俺だって、新婚旅行を邪魔するような野暮天になりたかぁねえんだぜ。そもそも、お前さんと先生が離れ小島で死体なんぞ見つけなきゃ、俺たちだってこんなところまで来ずに済んだんだ」

「そりゃそうだけどさあ」

「ったく、むしろお前と先生が、事件を呼んでるんじゃないのかよ」

エドワーズは若干の恨み言を口にしつつ、目の前にあったパンを手に取り、むしゃむしゃと頬張った。その行儀の悪い仕草に眉をひそめながらも、フライトは丁重な動作で彼の前にティーカップを置き、お茶を注ぐ。

そのお茶に溢れんばかりにミルクを入れて冷まし、エドワーズは口いっぱいに詰め込んだパンを一息に飲み下した。彼にとっては、食べ物の味などどうでもいいらしい。多忙な刑事ゆえ、食事をゆっくり楽しむ習慣などないのだろう。胃に歯が生えているとしか思えない慌ただしさだ。

ウィルフレッドは、数日ぶりに熱々の卵料理を味わいながら、斜め向かいに座ったエドワーズのいかつい顔を見た。

「で、我々が身支度をしている間に、そちらの捜査体制も整ったか？」

エドワーズはニヤリと笑って頷いた。

「完璧《かんぺき》だ。例の駐在所を占拠して、臨時の捜査本部にした。駐在はしばらく心労で寝込みそうだし、好きにやらせてもらうさ。……で、あんたと小僧はもういいのか？　動けるか？　昼寝くらいさせろってんなら、その程度の譲歩はするが」

「無用だ。休息は、牢で存分に取った」

ウィルフレッドは簡潔にそう言い、ハルも威勢よく言葉を添える。

「ずっと食っちゃ寝だったから、身体が鈍《なま》っちまったよ。早いとこ、捜査に取りかかろうぜ！」

「おいおい、捜査すんのは俺たちだ。お前さんと先生がすんのは、検死だろうが。それ以上のことに、首を突っ込む必要はねえよ。早いとこ仕事をやっつけて、先生と仲良く過ごしな」

張りきるハルに軽く釘《くぎ》を刺してから、エドワーズはもう一つ硬そうな丸パンをむんずと摑み、よれた制服のポケットに押し込んで立ち上がった。

「ほんじゃ、とりあえずホトケさんを迎えに、くだんの小島へ行くとするか。厄介な場所だぜ。珊瑚礁の間をすり抜けていくから、俺たちが乗ってきたでかい船は使えないそうだ。小舟に分乗して向かうことになる」

「ああ。俺とハルは一度行ったからな。要領はわかっている。……すぐに発《た》つか？」

ウィルフレッドもナプキンで口元を拭い、席を立った。

「おう。もう小舟を二隻、借り上げてある。腹ごしらえが済んだんなら、行くぜ」

「わかったっ。あ、そうだ。フライト、もしかしてアレ、持ってきてくれた？」

「もちろんでございますよ」

ハルに期待の眼差しで問われたフライトは恭しく一礼すると、自分たちの部屋から大きな革鞄《かわかばん》を持ってきた。中にはウィルフレッド愛用の「検死七つ道具」が詰まっていて、ずっしりと重い。

まさか使うことはなかろうとウィルフレッドが屋敷に置いてきたその鞄を、フライトは気を利かせ、主のために持参したのである。

「港まで、わたしがお運びいたしましょう」

フライトはそう言ったが、ハルはそんなフライトの手から、半ば強引に鞄をもぎ取った。

「いい。これを持つのは、助手の仕事だから！　それに港じゃなくて、宿の真ん前から小舟を出すんだし、たいした距離じゃないよ」

「ハル様。ここでご無理をなさっては、肝腎のお仕事に差し障りますよ」

エドワーズの前なので、フライトは執事らしく慇懃にハルを窘《たしな》める。だが、留置所を出て、存分に身体を動かせるのが嬉しくて仕方がないのだろう。

「このくらい平気だって！　じゃ、行ってくるな！」

ハルは大きな鞄を肩に担ぐと、エドワーズと賑やかにやり合いながら部屋を出ていく。そんなハルの背中を苦笑いで見遣り、ウィルフレッドは上着を脱いでフライトに渡した。

「あの小島へ行くなら、これは不要だ。汚さないように置いていく。……お前たちも、急ぎの旅で疲れただろう。我々が戻るまで、食事をして、ゆっくり休め」

部屋の隅に控えていたキアランも、フライトの傍らに来て優雅に膝を屈めた。

「ご厚意、ありがとう存じます。お部屋をもっと心地よく整えて、お二方のお帰りをお待ちしておりますよ、旦那様」

「よろしく頼む。……ああ、見送りは不要だ、無駄な日焼けをする必要はないし、したくもないだろう。では、行ってくる」

どうやら真ん中あたりはキアランに向けた言葉だったらしい。ウィルフレッドはそう言い残すと、カツカツと硬い足音を立ててエドワーズとハルを追いかけた。

屋敷にいるときとすっかり同じ雰囲気になってしまった主たちを優雅な礼で見送り、キアランは大きく伸びをした。

「ふわーあ。お見送り免除はありがたいねえ。あんなに白い砂浜じゃ、照り返しがきつくて帽子を被ってても日焼けしちまうよ。あやうく、この雪のようなお肌が真っ赤になっちゃうところだった」

そんなことを言いながら、さっきまでハルが座っていた椅子にふわりと腰を下ろしたキアランは、皿の上から果物を摘み上げ、パクリと頬張った。

「んーっ、やっぱり南国の果物は最高だね。口の中でねっとりとろけて、朝からエロティックな気分になっちゃう」

そんな恋人の伸びやかな行動に、フライトはゴホンとしかつめらしく咳払いした。

「こら、いくらなんでもくつろぎすぎだぞ、キアラン。ここは旦那様と奥方様のお部屋なのだから……」

だがキアランは意に介するふうもなく、綺麗にカットされたオレンジ色のやわらかい果肉を細い指先で摘みながら言い返した。

「いいじゃない。お二方のご無事なお姿を見て、気が緩んじゃったんだよ。それに他ならぬ旦那様が、食べろって言ってくださったんだもの」

「それはそうだが、ここで食事をしろとおっしゃったわけでは……」

「僕たち用に食事を注文するよか、このテーブルの上にたっぷり残ってる料理を平らげて済ませたほうが経済的だろ？　ろくすっぽ食べずに行っちゃったから」

「……確かに。では、味見がてら頂戴するとしようか」

「そうこなくっちゃ！」

キアランはさっそくハルとウィルフレッドが使った皿を片づけ、新しい皿に色々な料理を少しずつ盛りつけた。

「へえ、さすが暑い土地だね。卵料理にはしっかり火を通すのか。オムレツがカッチカチだよ。これはこれで美味しそうだけどさ。ふうん、しかも新鮮な海の幸を、あえてスモークしちゃうんだ。うん、これはこれでいける！　このスモークしてから焼いた魚、チャイブ入りのオムレツと凄くよく合うよ」

「……それはよかった」

気のない返事を返す連れ合いに、キアランは細い指で魚のスモークを骨から外しながら問いかけた。

「何さ、どうしたの？　具合でも悪い？」

宝石のような緑色の瞳に、フライトはいくぶん情けなく眉尻を下げて笑う。

「いや、つくづくお前は強いなと思っていたんだ」

そんなフライトの言葉に、キアランは少し不満げに眉をひそめる。

「何それ」

「お二人の無事を確かめて安堵したのはお前と同じだが、わたしは気が抜けて、食欲など欠片《かけら》も湧《わ》かないよ。もし旦那様やハル様が、いつぞやのわたしのような目に遭っていたらと思うと、気が気ではなかった」

「それは僕も同じだけど、安心したら急にお腹《なか》がぺこぺこになっちゃったよ。空腹も睡魔も、全部忘れてたもんだからさ。だって、とびきりロマンチックな旅に送り出したと思ったら、牢屋に入れられたなんて突拍子もない報せだろ。あんときゃ、さすがの僕も腰が抜けそうになったよ」

「まったくだ。……しかし、二重の意味で安心したよ。お二方がご無事で、お前もようやく元に戻ってくれて。そういえば、わたしが投獄されたときは、ずいぶん余裕たっぷりに見えたそうだが……？」

フライトは、花の香りをつけたエキゾチックなお茶をストレートで味わいながら、テーブル越しに意味ありげな目つきをする。それに気づいて、キアランはいくぶんきまり悪そうに手を拭きながら言った。

「そりゃ……さあ。わかるだろ？　あんたのときだってもちろん心配だったけど、何があったって切り抜けるだろうって信じてたからさ。……見栄もあったし」

期待していたとおりの答えに、フライトは満足げに微笑む。そのしたり顔を悔しげに軽く睨《にら》みつつ、キアランは小さな溜め息をついた。

「なんだよ、その嬉しそうな顔。そのくらいのこと、わかってたくせに。……旦那様とハル様の旅行のことはさ、そもそも僕が提案したことだろ。もし僕のせいで、取り返しのつかないことに……って思ったら、生きた心地がしなかった。でも今は落ち着いたっていうか、呆れたっていうか。ホントあのお二方は変わってるよ」

「呆れた？」

「ハルったらね。お風呂を使ってるときに、いったい留置所に入れられてる間、何をして暇を潰してたんだいって訊ねたら、旦那様と二人で、凄く楽しく過ごしたって言うんだよ。さすがの僕も、呆れちまった」

本当に気が抜けているらしく、ハルに敬称をつけることすら忘れてキアランはこぼした。フライトのほうも、それを咎めることを忘れ、空色の目を見張る。

「楽しく過ごした？　牢の中で？」

キアランは、クスクス笑って頷いた。

「ずーっと寄り添って、仲良くお喋りしてたんだってさ」

「お喋り……」

絶句する恋人の間抜け顔に、キアランはますますおかしそうに言葉を継いだ。

「どんな話って訊ねたら、お互いの子供時代の思い出話をしてたらしいよ。お二方が出会うまでのことを、飽きもせず延々と代わりばんこに」

「……なるほど。互いの過去を共有しようという試みか。それはまた、実に時間がかかりそうな作業だね」

「だよね。だからこそ、他にすることがない牢の中が打ってつけだったみたい。ま、お堅く生きてきた二人だからこそやれることだよねえ」

意味ありげな流し目を恋人に向けて、キアランはわざとらしく力ない声で言った。

「あんたの昔話なんか三日間も聞かされた日にゃ、途中できっと嫉妬《しっと》に狂っちゃうよ、僕」

「……馬鹿なことを」

フライトは余裕綽々《よゆうしやくしやく》の笑顔で立ち上がると、キアランの背後に立った。美しい金色の巻き毛に指を絡め、バラ色の頬にキスを落とす。

「ゴシップには、広まっていくうちに尾ひれがつくものだよ。わたしとて、この身は一つだ。噂《うわさ》ほど遊んでいたわけじゃないさ」

「どうだか。にわかには信じられないね、そんな言葉。歯の浮くような口説き文句を、百も二百も持ってるくせしてさ」

軽くそっぽを向いてみせるキアランの子供じみた仕草に、フライトの笑みが深くなる。彼は軽く身を屈め、恋人の耳元で囁いた。

「嬉しいね。お前がそんなふうに妬いてくれるなど。……しかしそれを言うなら、かつては夜ごと他の男に抱かせるために、お前の身体を磨き上げていたわたしの煩悶《はんもん》については、どう思っているのかね？」

冗談めかしていても本気の台詞に、キアランはゆっくりと首を巡らせた。至近距離で自分を見ているフライトの甘く整った顔を見つめ、艶然《えんぜん》と笑う。

「ふふっ、でもその我慢もいい刺激になったろ？　それに結局、そうやって磨き上げた僕は丸ごとあんたのものになったんだから、本望なんじゃないの？」

「……違いない」

差し出された白い手の甲にキスを落とし、たおやかな指をゆっくりと撫でながら、フライトは上目遣いで恋人の機嫌を窺《うかが》った。

「で？　わたしとしては、どちらかというと食事よりお前とゆっくり時を過ごしたいのだが。旦那様とハル様がお仕事に励んでいらっしゃるのに不謹慎だろうか」

「さあ、どうだろ。だけど、食べて休めって旦那様はおっしゃったよ。人が食べるのは、食べ物だけじゃない……だろ？　僕を食べるのも、食事のうちじゃないの」

甘く囁きながら、キアランはもう一方の手で恋人の頬をスルリと撫でた。それだけの動きで、服に焚きしめた香がふわりと匂う。

「……では、旦那様のお言葉に甘えて、愛を貪《むさぼ》ることと共寝することをいっぺんに済ませるとしようか」

「手早くね。お二方がお戻りになるまでに、バスも使いたいし」

クスクス笑いながら、キアランはフライトの首にふわりと細い腕を回し、自分のほうへ引き寄せる。

いくらも力を込めているように見えないのに、フライトは軽くバランスを崩し、慌てた様子で咄嗟《とっさ》に椅子の背を摑んだ。高級男娼時代、顧客である要人のボディガードも兼ねていたキアランだけあって、見た目のなよやかさにそぐわず、相当腕力が強いのだ。

とはいえ、そんな頼もしい恋人であっても、か弱い者のように扱ってみせるのが、色男の矜持《きょうじ》である。

「あの方たちのことだ、お仕事に没頭なさって、きっと夕方になるまでお戻りにはならないさ。……ここ数日、お互いこうして触れ合う余裕もなかったからね。切実にお前に飢えている」

そう言うなり、フライトは軽々とキアランを椅子から抱き上げた。キアランも、嬉しそうにクスリと笑う。

「いいね。ここんとこずっと、旦那様たちに釣られて僕らも穏やかな時間を過ごしてたから、ガツガツしてるあんたは久しぶり。うんと激しいのを期待しちゃっていいのかな」

「……お望みのままに。このわたしが、床の中でお前を失望させたことがあるかね？」

「ふふっ、それもそっか」

楽しみだ、とつけ加えて、キアランは舌先で赤い唇を舐める。早くも臨戦態勢の瞳に見入られるように、フライトはキアランを抱いたまま、濡れた唇に口づけた……。


さて、執事カップルがそんな甘やかな時間を過ごしていることなどつゆ知らぬウィルフレッドとハルは、エドワーズ警部と十人の部下たちと共に、あの小さな無人島を再訪していた。

「はっ、こんな小島を貸切たぁ、豪勢な遊びだな、先生」

エドワーズのからかい口調に、前回と同じように浜に抱き降ろされたハルは赤面し、一方のウィルフレッドは、濡れた足をタオルで拭いながら平然と答える。

「せっかくだから、一生に一度の遊びというものをひととおり経験してみようと思ってな。あえて豪勢な振る舞いに及んでみた」

相変わらず、金持ちぶりを自慢するでもなく実直そのもののウィルフレッドに、エドワーズは愉快そうに笑った。

「ははっ、その言いぐさはあんたらしいや。……で、三日前の朝飯のあと、船で島に来た先生と小僧は、このあたりに上陸し、砂浜にパラソルをぶっ立てさせた……と。現場検証なんでな。アタマからしっかり話を聞かせてくれ。で、他の連中は……」

「俺たちを連れてきてくれた宿の人々は、作業を終えるとすぐ、来た船でセイト島へ帰った。

この島にいたのは、少なくとも表向きは俺たちだけだ。実際、死体以外の人間には、夕方まで誰とも会わなかった。見たのは、魚と鳥と、小さな獣くらいだな」

「ふむ。怪しい人影も、物音もなんもナシか？」

「なかった。だろう、ハル？」

「うん。ただ俺たち、洞窟に行くまではずっとこの場所にいたから、島の裏ッ側で何か起こっててもわかんなかっただろうとは思うけど」

「ふむ。……一応、島を一周させて、砂浜に残った足跡を探させるか。宿の奴ら曰く、貸切の客を連れてくるときは、いつもいちばん眺めがいいこのあたりに船をつけるって話だからな。しかもこの三ヶ月、先生と小僧以外に、この島を借り切った客はいないそうだ。ってこたぁ、ここ以外の場所に足跡がありゃ、それは侵入者のものってこった。……おい」

エドワーズが一言言っただけで、四人の若い屈強そうな部下たちがただちに行動を開始する。潮が満ちても水が来ないあたりの砂浜を丹念に調べながらそれぞれの方向に散っていく部下たちをチラと見やり、エドワーズは傍らに控えるブラウン刑事に声をかけた。

「おいお坊ちゃん。なんでも書いとけよ。言葉も、風景も、お前が感じたことも全部だ」

「はいっ」

大判の帳面を手にしたブラウン刑事は、さっきから携帯用のペンでガリガリと必死にウィルフレッドたちの供述を筆記している。叩き上げの多いエドワーズの部下たちの中で、唯一高学歴エリートであるブラウンは、捜査よりこうした事務仕事に向いているらしい。体格も、他の刑事たちとは違い、痩せぎすでどうにも頼りない。

「で、参考までに聞かせてくれ。島では何してた？　洞窟に行ったのはいつ頃だ？　なんだってそんなところへ行こうと思った？」

「そっ……それ、は」

エドワーズに問われ、ハルは再び顔を赤くした。

まさか、気分が盛り上がった挙げ句、海の中でことに及んでしまったなどとはとても言えない。そんなハルのいつまで経っても初々しい反応に微苦笑しつつ、ウィルフレッドはさりげなく答えた。

「日光浴をしたり、海に入ったり……ここでできることといえば、その程度だ。こんな場所だから、時刻を正確に言うことはできないが、洞窟へ行こうと思い立ったのは昼食を摂ってからだ。太陽が真上を過ぎてしばらく経っていたから、午後、比較的早い時間だったんだろう」

「ふむ。ってことは、この島に洞窟があるってことは、あらかじめ知ってたわけか」

まだ赤い顔のまま、今度はハルが口を開く。

「宿の支配人が、この島に洞窟があるってウィルフレッドに教えたんだって。それを聞いて、俺が行ってみたいって言った。洞窟なんて、本でしか読んだことなかったから、興味あったんだ。で、二人で砂浜をぐるっと歩いていった」

エドワーズは四角い顎を指先で撫でながら、空を見上げて上着を脱ぎ捨てた。それをバサリと頭に引っかけ、額の汗をぐいと拭う。

「なるほどな。くそ、こう暑くちゃ、じっとしてるだけで茹《ゆ》だりそうだ。そんじゃ、当日のあんたたちの足取りを辿ってみるか。洞窟はどっちだ？」

「あっち！　俺が案内するよ」

ハルは、持参の革製サンダルに履き替え、さらさらした砂浜を身軽に歩き出した。その肩に検死道具が詰まった大きな鞄がかけられているせいで、バランスを取るために上半身が斜めに傾いでいる。

「よし、行くぞ。てめえら、道中、どんな小さな手がかりも見落とすんじゃねえぞ」

「はっ」

残った六人の部下たちは、皆、上司に倣って制服の上着を脱いで頭から被り、シャツの袖をまくり上げて歩き出した。なんとも珍妙な格好だが、強い南国の日差しを避けるためにはそれがいちばんの方法だと考えたらしい。

一方、夏用の帽子で武装したウィルフレッドも、今日は首筋にしっかりとタオルをかけた。北国育ちの彼だけに、実は暑さにはあまり強くない。三日前にここに来たとき、首筋と背中を日焼けしてしまい、赤くなってひりつく肌に留置所で難儀する羽目になったのである。

「エドワーズ、事件が片づいたら、あんたも一泳ぎして帰ってはどうだ」

皆を先導するハルの背中を追って歩き出したウィルフレッドは、珍しい軽口を叩く。エドワーズもニヤリと笑い、言い返した。

「それも悪かねえな。だが、野郎ばっかで海に入っても、警察学校時代の遠泳訓練を思い出すばっかりだ。こういうとこで泳ぐんなら、首筋に色っぽい印の一つも残せるような相手がいなくちゃつまんねえだろ？　ああ、色男さんよ」

太い指で自分の首を指さし、エドワーズはハルの首筋にウィルフレッドが残した嚙み痕があると指摘してみせる。

「……なるほど。刑事の炯眼《けいがん》、恐れ入る」

さりげなく応じてみたものの、さすがにウィルフレッドの目も羞恥に泳いだ。エドワーズは豪快に笑うと、ウィルフレッドの真っ直ぐ伸びた背中をばんと叩いた。

「そう照れなさんな。あんたと小僧が仲良くしてんのを見るのは、悪い気分じゃねえぜ。ちょーと前までのあんたは、何かに取り憑《つ》かれたように殺伐としたツラで仕事をしてたが、今はそれなり楽しそうだ」

そんなことを言われて、ウィルフレッドはやや不服そうに言い返した。

「いくらハルが助手についていているといっても、検死業務は変わらず真剣に行っているつもりだが」

「そりゃわかってるさ。検死が楽しそうってのも変な話だよな。けど、一人で鬱々とやってた作業を小僧と二人がかりでやるようになって、あんたの顔が人間らしくなってきたってこった。……北の死神の名も、そろそろ返上かもな」

「それは元から、俺が言い出した二つ名ではない。……だが、そうだな。ハルに出会って初めて、俺は自分に人を愛する力がまだ残っていることを知った。終わるのをひたすら待つばかりだった命が、初めて惜しくなったよ」

それを聞いて、エドワーズはまた笑った。

「ははは、相変わらず生真面目にのろけるなあ、先生。だが、そいつぁいいことだ。羨ましいよ。よし、俺もいっちょブラウンをクビにして、嫁さんを筆記係に引っ張ってくるかな。なあ、ブラウン」

「えっ？　ちょ、ちょっと、勘弁してくださいよ警部！」

気弱なブラウンは、エドワーズの冗談に泣きそうな顔と声になる。南の島の開放感がそうさせるのか、現場では滅多に出さない笑い声を上げげつつ、ウィルフレッドとエドワーズは肩を並べ、問題の洞窟へと向かった。

「ほら、こっちこっち！　早く来いよ」

薄暗い洞窟の中でも、ハルの足取りは軽い。ランタンを提げて少年を追いかけつつ、ウィルフレッドはたまりかねて小言を言った。

「ハル。お前は灯りを持っていないんだから、調子に乗っていると転んで怪我をするぞ。ちゃんと足元を見て歩け」

「大丈夫だって。あっ、あそこだぜオッサン」

「おう、待て待て。こちとら、お前と違ってガタイがいいんだ、そんなにピョンピョン跳ねながら歩けねえんだよ。……とと、なるほど。おい、死体は俺たちが見る。お前らは周囲を徹底的に調べろ」

飛び出した岩であちこちぶつけながらも、エドワーズは巨体を屈めるようにしてハルに追いついた。部下たちに指示を飛ばしながら、ハルが立っている平たい岩の上に立ち、ランタンを掲げる。

男の死体がランタンの光に照らされた瞬間、ハルはギョッとしてウィルフレッドを見た。

「えっ？　ち、ちょっと待ってくれよ。何か変だ！」

「なんだと？　どういうことだ、小僧」

「死体、こんなじゃなかった！」

ハルの言葉に、エドワーズは、太い眉根を寄せ、目の前に横たわる男の死体を見下ろす。

「そりゃ、お前たちは三日も留置所にぶち込まれてたんだ。いくら涼しい洞窟の中でも、死体の腐敗は進むだろうよ。顔面が緑色になっちまってるが、まだガスでパンパンってほどじやねえ。今さら驚くことでもねえだろ」

「そういうことじゃないよ！」

小馬鹿にされて、ハルはふくれっ面をする。ウィルフレッドも、厳しい面持ちでエドワーズを見た。

「エドワーズ、ハルの言うとおりだ。問題はそこじゃない。腐敗は予測の範囲内だが、死体の体勢が、三日前と違っている」

「なんだと？」

そこでようやく状況が飲み込めたらしい。エドワーズは顔色を変えた。

「詳しく聞かせてくれ、先生。どういうこった」

ウィルフレッドはハルと視線を交わし、死体の傍らに片膝をついた。

「三日前、俺たちが洞窟に来たとき、この男は仰向けで、しかも衣服をきちんと着込んで横たわっていた」

「！」

「だが今は……場所こそ同じだが、衣服を剝ぎ取られた素っ裸、上半身を捻《ひね》る状態で、半ばうつ伏せだ。獣が入り込んだ可能性はあるだろうが、それにしては不自然だ。死体に食われた形跡はないし、だいいち獣は衣服をすべて取り去ったりはしない」

エドワーズは、自分もウィルフレッドと死体を挟んで向かい合うポジションにしゃがみこみ、難しい顔で唸った。

「なんてこった。そらぁつまり、この三日のうちに、誰かがここに来て、死体を弄ったたってことか。……先生、あんたも三日前、この死体を触ったんだろ？」

ウィルフレッドは即座に答える。

「悪いとは思ったが、事情が事情だったのでな。警察より先に、死体に触れた。だが、できるだけ事件現場を損なわないよう、処置は最低限に留めた。死体の位置は誓って変えていないし、衣服も、シャツの襟を緩めただけだ」

ハルはウィルフレッドの持ってきたランタンを片手に岩から飛び降りると、何かを拾い、持ち上げてみせた。

「ほら、岩の下に落っことされてたぜ、これ。他にも、あっちこっちに散らばってる。誰かがそこで服を脱がせて、投げ捨てたんだな」

見ればそれは、男が着ていた粗末な上着だった。ハルは次々と、シャツ、ズボン、下着、靴、靴下……と拾い集めては掲げてみせる。エドワーズは、太い鼻筋に皺を寄せた。

「おい、小僧。その服を根こそぎこっちによこせ。で、ランタンを持って上がってこい」

「わかった！」

ハルはエドワーズに衣服一式を手渡すと、ランタンを手に死体の近くに戻ってきた。エドワーズとウィルフレッドは、男の死体の近くに、三日前は確かに彼が纏っていたはずの衣服を丁寧に広げていく。

ハルは、二人の手元をランタンで照らしてやりながら首を捻った。

「誰かがここに来たってのもビックリだけど、なんで服を脱がしたりしたんだろ?」

するとエドワーズは、上着の前身頃を伸ばしながら、常識を語る口調で言った。

「んなこたぁ決まってる。探しもんだ」

「探し物?」

すぐ横にランタンを掲げてしゃがむハルに、エドワーズは上着のポケットを指さした。

「見てみな。ポケットが全部裏返しになってるだろ。上着だけじゃねえ、ズボンもシャツも、全部そうだ」

「あっ。そうか。ここに来た誰かさんは、この死体の男が何か持ってることを期待して、それを探したってわけか」

「そういうこった。だから、靴どころか靴下まで脱がしてひっくり返して、子細に調べたんだろう。……臭ぇ足だな」

顰《しか》めっ面で靴下を置いたエドワーズは、ウィルフレッドを見た。

「先生、三日前のこの死体はどんなふうだった? まだ腐ってなかったか?」

ウィルフレッドは、男の死体を見ながら頷いた。

「ああ。ただ、もう死後硬直は指以外緩んでいた。つまり、死後二日ほど経過していたと思われる」

「ふむ。ってこたぁ、三日足して、死後五日経過ってところか。そりゃ、こう涼しくても腐ってくるってもんだな。他には？　死因を決定できるような所見はあったか？」

「全身を見たわけではないから、死因の確定は無理だった。だが、見てくれ。頸部に、あまり強くはないが、索溝らしきものがある」

「何っ」

うつ伏せの死体を仰向けに返し、男の頸部をしげしげと観察したエドワーズは、腕組みして唸った。

「確かにずいぶん弱い痕跡だな。紐やベルトっていうよか、やわらかい帯かスカーフで絞めた感じじゃか」

「ああ。俺もそう見立てた。索溝に重なるようにいくつも散らばっている小さな傷は、索条物を緩めようと男が指を突っ込み、みずからの爪《つめ》でつけたものだろう」

「三日月型の傷だからな。いかにも殺人者に抵抗してできた爪痕って感じだ。……お節介にも全身ひん剝いてくれてるおかげでよく見えるが、他に大きな外傷はないようだな。骨も折れてない。こりゃ、あんたに頑張ってもらうしかないようだ、先生。こう腐っちまっちゃ、拾える情報はずいぶんと減っただろうが」

死体にあちこち触れて調べるエドワーズに同意して、ウィルフレッドは立ち上がった。

「ああ。あんたたちの現場検証が終わったら、この死体をセイト島へ持ち帰って解剖しよう。こんな薄暗いところでは、十分な検死は無理だ。それに洞窟から運び出した瞬間から、暑さで腐敗が一気に加速するだろう。一刻も早く、こちらの仕事にかかりたい」

エドワーズは頷き、腐敗変色した男の顔をしげしげと見た。

「それにしても、どうもこの男のツラを、どっかで見たような気がするんだがな。まあいい、とにかく手早く現場検証を進めちまおう。先生と小僧は、外で待っていてくれ」

「わかった。では、洞窟入り口あたりの涼しい場所で、三日前の検死報告書を作成していよう。留置所では、筆記用具がなかったのでな」

「だが、情報はバッチリその優秀なおつむの中だろ?」

しかしそのとき、エドワーズの若い部下の一人が声を張り上げた。

「当然だ。……では行くぞ、ハル」

「警部どの!」

「なんだ」

エドワーズは野太い声で返事をしながら腰を浮かせる。ごつい身体つきだが、事件現場を毎日飛び回っているだけに、動作は常に俊敏だ。ウィルフレッドとハルも、エドワーズと共に部下のいるほうへ向かった。

洞窟のさらに奥まった場所にいるまだ二十歳そこそこの部下は、やや興奮の面持ちでランタンを提げ、上司に報告した。

「こちらに、野営跡らしきものがありますっ」

「らしきもの？　報告なら、もっとはっきり言いやがれ馬鹿野郎」

「はっ」

曖昧な物言いを叱責《しっせき》しつつ、エドワーズはゴツゴツした地面に片膝をついた。

「ふむ。焚き火か。そうでかくはねえが、暖は取れただろうな。煙草を吸った形跡もある」

エドワーズはそう呟きながら、太い指で地面に落ちているものを摘み上げた。それは、黒こげの木片だった。周囲には、似たようなものが大小取り混ぜていくつも散らばっている。

おそらく、洞窟の外で拾い集めた枝を、ここで燃やしたのだろう。

ウィルフレッドは眉根をわずかに寄せた。

「焚き火か。そんなものが必要になるということは、ここで長時間誰かを待っていた……あるいは、ここに潜んでいた……？」

「そんなところだろうな。ここは少し天井が高ぇ。ささやかな焚き火なら、窒息する恐れはなさそうだ」

エドワーズは燃え残った小枝で、焚き火の灰をかき回しながら言った。ウィルフレッドも周囲の岩肌に注意深く触れ、口を開く。

「なるほど。焚き火の炎は、遠くからでも意外と目立つ。セイト島から見つけられないよう、あえて洞窟の奥で木を燃やし、暖を取ったわけか」

「おそらく。わざわざ何もねえ無人島に来て、くそ寒い洞窟の中で焚き火までして粘るってこたぁ……まあ、少なくともまともな用事じゃねえな」

「だが、以前からここに通いつめていたというわけではなさそうだ。それならば、ここを訪れた俺たちのような宿の客が、とっくにこうしたものを見つけ、支配人に連絡していただろう。それに、岩肌に煤《すす》があまりついていない。習慣的にここで焚き火をしていたなら、岩肌が黒ずんできているはずだ」

「ああ。せいぜい、あの男が死ぬ前の数日間ってとこだろう。……ふん。これといって、灰の中に目ぼしいもんはねえな」

エドワーズがかき混ぜた灰を見て、ハルは小首を傾げた。

「こんなとこで、あの死んだ男は何してたんだろ」

それに対するエドワーズの答えには、なんの迷いもなかった。

「昼間にたまーによそ者の客が来るだけで、夜は誰もいなくなる無人島の洞窟なんてなぁ、秘密の取引をするには絶好の場所だ」

「秘密の取引⁉」

「あるいは、誰かから逃げて身を潜めるのにも、悪い場所じゃねえ。……ま、どっちにしても、こいつにとってここはツキの悪い場所だったようだがな。さて、お前と先生は外に出て、一息ついてな。あとは俺たちの仕事だ」

エドワーズはハルの肩をポンと叩いてそう言うと、手がかりを求めて動いている部下たちのほうへ大股《おおまた》に歩いていく。

その大きな背中を見ながら、ハルはランタンを手に立ち上がり、呟いた。

「秘密の取引か、潜伏か……。どっちにしても、なんだかきな臭いな……」

＊　　＊

数時間後、ウィルフレッドとハルはセイト島に戻り、よりにもよって「留置所」に逆戻りしていた。

エドワーズが用意した「臨時解剖室」とは、二人が三日間を過ごした留置所だったのである。寄り添って語り合った硬い寝台が、四方に排水用の穴を空けた解剖台に改造されているのを見て、ハルはなんとも微妙な表情になった。

ウィルフレッドも複雑そうではあったが、とにかく、小島から搬送した男の死体は、案の定、南の島の高い気温に影響され、みるみるうちに腐敗が進行していく。一刻も早く解剖を開始しないと、一秒ごとに貴重な情報が消えていってしまう。

ウィルフレッドはシャツの袖を二の腕までまくり上げ、胸当てつきの革エプロンを身につけた。死体を挟んで向かい側に立つハルに、落ち着いた声で呼びかける。

「さて、では始めるか、ハル」

「う……うん」

検死官助手になってずいぶん経ち、現場検証にはすっかり慣れたハルだが、それでも解剖となると、いまだに緊張してしまう。幼い顔が強張っているのを見てとり、ウィルフレッドはほんの少し口元を緩めた。

「大丈夫、どんな場所でも、我々はやるべきことをやるだけだ。いつものように、しっかりと書記を頼むぞ」

「任せてくれよ」

ハルも、まだ硬いものの、健気に笑顔を作ってみせた。

医学教育などまったく受けていないだけに、ハルは解剖そのものを手伝うことはできない。それでも、ウィルフレッドのために必死で難しい専門書を読み、医学用語にはかなり詳しくなった。今では、ウィルフレッドが解剖しながら口にする所見を、ほとんど聞き返すことなく書き留めることができる。

「全身に腐敗変色、腐敗ガスにより、腹部及び顔面が軽度に腫脹している。体表に大きな損傷はないが、頸部にごく弱い、幅の広い索溝を認める。索溝と部位を同じくして、抵抗創とおぼしき三日月型の損傷が……」

ハルがペンを走らせているのを視界の端で確認しながら、ウィルフレッドは落ち着いた声で所見を述べ、死体の全身にくまなく触れていく。

その大きな手を覆っているのは、帯の儀を挙げたとき、記念の品としてハルが贈った解剖用の手袋である。

山羊《やぎ》の皮を丹念になめして作ったその手袋は、指の動きを妨げない程度には薄く、しかし皮革だけに丈夫である。解剖中、誤って大事な手を傷つけたりしないようにと、ハルはあえてそんな色気のない贈り物を選択した。使用するたびにハルが綺麗に洗って油をすり込み、丹念に手入れしているので、徐々にウィルフレッドの手に馴染みつつある。

その手袋を嵌めた手で体表を調べ終えたウィルフレッドは、ふと何かに気づいたように遺体の顎を摑んだ。

「……うん？　洞窟の中では薄暗くてよくわからなかったが、口の端から糸くずのようなものが出ているな」

死後硬直が解けているので、さほど力を入れなくても呆気なく口が開く。その口の中から、ウィルフレッドは注意深く何かを取り出し、ハルが慌てて差し出した銅製の小皿に置いた。

ハルは、目を白黒させてその物体を覗き込む。体液にまみれて変色していたが、それは布切れだった。しかも、ごく小さな肉片のようなものまで付着している。

「うえ……。こ、これ何、ウィルフレッド？　なんで死体の口の中なんかに……」

鼻を突く腐臭に、さすがに顔を顰めるハルに対して、ウィルフレッドは落ち着き払って答えた。

「おそらく、これは衣服の一部だろう。布地の質から見て、シャツ……だろうな」

「シャツ？　でも、誰の？　あっ、もしかして、この男を殺した奴の？　この男が、殺人者に嚙みついたってこと⁉」

ウィルフレッドは頷き、ピンセットで注意深く布から肉片を剝がした。小指の先ほどのそれは、皮膚とその下の組織からなっている。腐敗変色してはいたが、皮膚の縁には、歯形らしき曲線がハッキリと残っていた。

「通常、頸部を硬い索条物で絞められたときは、呼吸困難より先に、脳への血流の途絶によりごく短時間のうちに意識消失することが多い」

「う……え、ええと。それって、首を絞めるから、首を通ってる血管まで絞まっちゃって、血液が頭に行かなくなるってこと、だよな？」

平易な言葉に置き換えて理解しようとするハルに、ウィルフレッドは真面目くさった顔で頷いた。

「そうだ。誰にでもわかるような言葉で言うなら、息が詰まるより先に、脳が酸欠に陥って気絶する、ということだな」

「へえ……」

「だが、この男は、おそらく幅広の、やわらかな布で首を絞められた。だから、ある程度脳への血流が保たれ、意識がしばらくは途切れなかったんだろう。それで、首を絞め上げる布を緩めようとする一方、凶行をどうにかやめさせようと殺人者の身体に……おそらくは腕に噛みついたんだと推測できる」

「な……るほど。そうだよな。普通、黙ってまともに首絞められる奴はいないよな。あっ、ちょっと待ってくれよ、今の話、書くから！」

「大事な証拠品だ。まずはその肉片を、安全な場所に置いてくれ」

ウィルフレッドの指示に従い、ハルは銅皿をベンチの上に置くと、すぐに戻ってきて、ウィルフレッドの言葉をガリガリと紙に書きつけた。

孤児とはいえ、神殿仕込みの厳しい教育を受けてきただけに、普段のハルの書き文字は意外にも模範的に整っている。だが今は、焦っているのと、携帯用のペン先が硬いのとで、針金のような筆跡になってしまっていた。

「それにしても、皿に載せてみたらちっちゃな欠片だけど、齧《かじ》り取られたほうにとっちゃ、きっとけっこう痛かったよな」

手を休めることなく、自分まで痛そうな顔でそんな想像をするハルに、ウィルフレッドは苦笑いで同意した。

「確かにな。そのときは興奮していてさほどでもなかったかもしれないが、あとでずいぶんと痛んだことだろう。これだけ深く食いちぎられては、縫わねばならなかっただろうし、ある程度は出血もしたはずだ。……布でも巻きつけて止血したのか、洞窟内に血痕はなかったようだが」

「なるほど」

「さて、外表所見は、弱い索溝以外にはもう……おや」

死体の口を閉じ、少し仰向かせた頭部の位置を戻そうとしたウィルフレッドは、ふと眉をひそめて手の動きを止めた。指先で、慎重に後頭部からうなじのあたりを探る。

「何かあった？」

ハルの問いに、ウィルフレッドは頷いた。

「悪いが、手を貸してくれ。死体を側臥位《そくがい》にしたい」

「ああ、横向きな。ちょっと待って」

ノートとペンを置くと、ハルはすぐに遺体の肩に手をかけ、よいしょと気合いを入れて重い身体を起こした。男は決して太ってはいないが、それなりに筋肉質なので、小柄なハルにはきつい作業となる。

男の背中を露わにして、ウィルフレッドはメスを手にした。さっき探った後頭部の生え際あたりからうなじにかけての皮膚を、なんの迷いもなく真っ直ぐに切開する。

「……やはりだ」

「何？」

気味悪そうにしながらも、好奇心をそそられたのか、ハルは男の肩を押さえて体勢を維持しつつ、ウィルフレッドのほうに身を乗り出す。ウィルフレッドは、うなじの筋肉を露出させながら答えた。

「生え際のあたりに、皮下出血がある。髪に隠れてわからなかったが、索溝より上部だ。この形状から見て、打撲傷だろうな」

「打撲？　じゃあ殴られたんだ、この男」

「ああ。おそらく、首を絞められる前に、殴られたんだろう。ただ、頭蓋骨や頸椎を骨折させるほどの衝撃ではないし、抵抗創があるということは、気絶もしていない。せいぜい、軽い脳震盪《のうしんとう》を起こしたくらいだろうな」

「くらっとして、倒れたところを馬乗りになって首を絞めた……とか？」

「あるいは、うずくまったところを背後から、という可能性もある。……よし、もう仰向けに戻していいぞ。筆記を再開してくれ」

「わかった！」

キビキビと指示に従うハルの顔からは、もう怯えの色は消えていた。ウィルフレッドの真剣な仕事ぶりに気圧《けお》され、忙しくバタバタしているうち、恐怖を忘れてしまうのが常のことなのだ。

仰向けにした遺体のオトガイから下腹部にかけて、ウィルフレッドは鋭いメスでざっくりと切り開いた。そして、嘆かわしそうに息を吐く。

「やはり、内部までかなり腐敗が進んでいるな。この死体を発見した当日に解剖できていれば、もっと色々なことがわかっただろうに。……だが、ぼやいていても始まらない。今のところ、絞殺がいちばん考えうる死因だが、先入観をいったん捨て、他に異状がないか順番に調べていこう。……もし、わからない言葉があれば、いつでも止めてくれ」

頷くハルを励ますように小さく微笑み、ウィルフレッドは驚くほどの素早さで、メスや鋏《はさみ》、そして鋸《のこぎり》を操った。みるみるうちに、胸や腹の筋肉が露出し、肋骨《ろっこつ》が切除され、臓器が摘出されていく。しかも少しも手を緩めることなく、どんどん所見を述べていくので、まさに神業としか言いようのない手際のよさである。

（やっぱ、検死解剖してるときのウィルフレッドが、一等格好いいな……！）

鬼神の如《ごと》きウィルフレッドの手技を目の当たりにし、思わず惚《ほ》れ惚《ぼ》れと放心してしまっていたハルは、「どうした？」と不思議そうにウィルフレッドに咎められて、慌てて筆記を再開した……。

ほどなく、すべての臓器を摘出し、台の上でそれぞれを詳しく調べていたウィルフレッドは、ふと「おや？」と再び小さな声を上げた。

何か特異な所見が見つかったのかと、ハルは急いでウィルフレッドの傍らに歩み寄る。

「どうしたんだよ?」

小腸から大腸へと、腸管を丁寧に切り開いて内部を確認しつつあったウィルフレッドは、大腸の終わり……直腸のあたりを指さした。

「見てみろ。腐敗ガスが抜けたからわかるようになったが、直腸の一部だけが、異様に膨らんでいる」

ハルは漆黒の瞳をまん丸にした。

「ホントだ! ……なんだろ。できもの?」

「いや。腫瘍《しゅよう》と言うよりは……ここに何か固形物が入っているようだな。切開してみるから、共に見届けてくれ。……まあ、重度の便秘という可能性もあるが」

ハルは、緊張の面持ちで頷く。ウィルフレッドは切れ味のいい愛用の鋏で、薄い腸管壁を、少しずつ切開していく。ハルは、ドキドキしながらその作業を見守った。

「!」

やがて、二人は同時に息を呑《の》んだ。

直腸粘膜をピンセットでクルリと翻した途端、二人の前に現れたのは……驚いたことに、小さな革袋だった。巾着状のその袋の口は固く絞られ、幾重にも革紐を巻きつけて縛ってある。

「袋⁉」

ハルは思わず甲高い驚きの声を上げ、ウィルフレッドも小さく首を振った。

「なんてことだ。さすがに、これを俺たちだけで調べるわけにはいかんな。ハル、エドワーズを呼んできてくれ」

「すぐ行ってくる！」

ハルはまだ驚いた顔のまま、それでも俊敏に留置所、もとい臨時解剖室を飛び出していく。

幸い、すぐ近くの臨時捜査本部に詰めていたのだろう。ほどなくやってきたエドワーズの顔には、「好奇心」とでかでかと書いてあった。

「おい、うなじに殴られた痕があったって？　でもって、腸から革袋が出たってのは本当か、先生？」

「本当だ。これを見てくれ。直腸に入っていた」

腸管に入っていたせいで、腐敗液と粘液でぬらぬらと光る革袋を不気味そうに見やり、エドワーズはもじゃもじゃの赤毛をかき回した。

「どういうこった。この男が、これを飲み込んだってのか？」

「いや。いくらなんでも、飲み込める大きさじゃない。おそらく……」

「ケツから入れたのか！」

「……と、推測する」

頷いて、ウィルフレッドはピンセットで革袋の口を摘み、袋を綺麗な台の上に移動させた。

「開けてもいいか？　それとも、あんたがやるか？」

ウィルフレッドの問いに、エドワーズは身を屈めて袋を凝視しつつ、肩をそびやかした。

「餅《もち》は餅屋だ。先生がやってくれ」

「わかった。……ずいぶんと固く結んであるな」

最初、ピンセットで袋を口を縛る革紐をほどこうとしたウィルフレッドだが、あまりにも結び目が強固なので、手袋すら外して素手で作業に取りかかった。

「そりゃそうだろ。ケツの穴からそんなでっかいもんを突っ込むってことは、よっぽど人の目から隠したいもの、渡したくないものだったんだろうから、厳重に結ぶだろうよ。むっ、ってこたぁ、アレか。この男を殺した奴……はわかんねえが、少なくとも遺体の服を根こそぎ引っぺがした奴は、この袋の中身を探してたって可能性が高いな」

「そう思ったから、あんたを呼んだんだ」

「さすがだよ、先生。……ほどけそうか？」

「もう……少しだ。中身をぶちまけては元も子もない。気をつけてやらなくてはな」

少し力んだ声で言い返し、ウィルフレッドは結び目をほどこうと奮闘する。だが、いくら繊細な元外科医の指といっても、大柄な男の手である。米粒ほどの小ささの結び目をほどくのは、どうにも難しい。

「俺がやるよ。俺、チビだから手も小っちぇえし」

見かねたハルが、ウィルフレッドの傍らから手を出した。さすがのウィルフレッドも、ここは素直にハルに場所を譲る。

「何が入っているかわからないんだ、注意しろよ」

「わかってるって！　よっ……と、マジで固いな、これ。でも、丈夫そうな紐だから、鋏で切るのも大変そうだし……。あ、ちょっと緩んできた！」

ハルの指の細さが幸いして、石のようだった結び目が、ようやく少しずつ緩み始める。

短気な彼にしては珍しいほどの慎重さで、時間をたっぷりかけてようやく結び目をほどいたハルは、ふうっと詰めていた息を吐いた。そして、ウィルフレッドとエドワーズが見守る中、袋の口に幾重にも巻きつけた革紐を、今度は容易《たやす》くクルクルと巻き取っていく。

やがて、ワクワクした様子で革袋の口を開いたハルは、落胆の声を上げた。

「なんだよ、もう。中にまた、袋が入ってる」

「ああ？　バカに厳重だな」

エドワードは肩を落としたが、ウィルフレッドは厳しい表情のままで言った。

「それだけ、貴重、あるいは重要な品物が入っているということなんじゃないか？　ハル、中の袋も開けられそうか？」

「もちろん。ちょっと待ってくれよ」

革袋の中から、指先でもう一つ、一回り小さな革袋を引っ張り出して、ハルはやはり固く閉じられた袋の口を開けにかかった。

「一つ目の袋の口がすげえ厳重に結んであったから、中の袋は全然濡れてないな。革紐、ほどきやすい」

ホッとした様子で、今度は比較的簡単そうに、ハルは袋の口を開けてみせる。だが、エドワーズがそこでハルを制止した。

「待て、小僧。中身を出すのは、俺がやる。何か悪いもんが入ってると困るからな」

「……悪いもんが入ってたら、オッサンだって困るじゃん」

「馬鹿、お前はこの先の人生が、俺よかずっと長いだろ。先生ってお人もいるんだしな。こういうことは、オトナに任せておけよ」

不満げなハルの頭をポンと叩いて宥め、エドワーズは、新しい銅皿を出してきて、そこに袋の中身を慎重に空けた。

カラン！　カタッ、コツン……！

乾いた硬質の音を立てて、黒っぽい固形物が三個、コロコロと銅皿の上に落ちる。

「なんだよ、石っころ？」

ハルはガッカリして情けない声を上げたが、エドワーズとウィルフレッドは顔色を変えた。

「これは……。まさか、エドワーズ」

「ああ。確かめてみよう」

　エドワーズは硬い表情で、解剖道具の中から小さなカナヅチを手に取った。骨を砕くときに使うそれで、大きめの石ころにしか見えない固形物を、器用に真っ二つに割る。

「……やはり！」

　ウィルフレッドは暗い眼差しで言った。断面を見たハルは、小首を傾げる。

「あれっ、外側は真っ黒なのに、中は白っぽい灰色なんだな。なあ、なんだよ、これ。石じゃねえの？」

「アヘンだよ、小僧」

　エドワーズは重々しく言った。

「アヘン!?　これが？　あの、芥子《けし》から作るっていう怖い薬なのか？　前に……その、身体売ってた頃に、噂には聞いたことがあるけど、見るのは初めてだ。煙草みたいに吸うんだろ、それ」

　エドワーズは、ピンセットで塊の断面をつついて硬度を確かめながら、苦々しげにハルを見た。

「そうだ。そうさな、お前さんの小さな手の、小指の先ほどの大きさの塊を、専用のパイプで燃して、煙を吸うんだ。俺ぁ無論やったことはねえが、そりゃあうっとり気持ちよくなるらしいぜ。……ま、それってなぁ、大事なおつむがいかれてる証拠らしいけどな。そうなんだろ、先生?」

　同意を求められ、ウィルフレッドも険しい顔で頷いた。

「そうだ。服用ならまだしも、喫煙すると、アヘンの毒は確実に脳を冒す。この薬がもたらす陶酔感なしではいられない身体と心にされてしまうんだ。興味本位で手を出すようなものではない。……それに、この国ではアヘンの使用は厳しく禁じられているのではなかったか、エドワーズ」

「ああ。十年前からな。それ以前は、マーキスのオールドタウンにはアヘン窟があちこちにあった。そこで中毒になり、駄目になっちまう人間が大量に出て、大問題になったんだ。アングレ本国からお達しが来て、アヘンは全面禁止、使用した奴は、重い禁固刑を科せられるってことになった。それ以来、こうしてどっか外国で密造されたアヘンが、非合法に売買されてんだよ。たいした高値らしいぜ。まあそりゃそうだよな、中毒者には、喉から手が出るほどほしいブツだ」

　横を向いて唾《つば》と一緒に言葉を吐き捨てたエドワーズに、ハルは困惑した様子で訊ねた。

「ってことは、オッサン。この死んだ男は、アヘンの売人だったのか?」

「それは調べてみないとわかんねえな。だが、こいつにとっては、このアヘンが命より大事だったたってこったろう。だから用心のため、ケツの穴から、自分の身体に押し込んで隠してたわけだ」

「そ……そっか。そうだよな。普通じゃできないよな、そんなこと」

「これまた幸い、やったこたぁねえけどな。想像するだに大変だろうよ。……そして、こいつの服を引っぺがした奴は、間違いなくこのアヘンを探してたんだ。……こりゃあ、アヘンの密売組織絡みの犯罪だ。当初考えてたより、でかいヤマだぜ」

エドワーズはぎらついた目をして、嗄《しゃが》れ声でそう言った。刑事としての闘争本能が、彼の心を滾《たぎ》らせているのだろう。

「麻薬が関係する殺人事件とは、物騒な話だ。……では、俺たちは解剖を終わらせる。あんたはそれを持って、捜査本部に戻っていてくれ。追って、解剖の結果を知らせるから」

ウィルフレッドは、むしろ憂鬱《ゆううつ》そうにそう言い、再び手袋を嵌めた。そして、一つ深呼吸して気持ちを切り替えると、まだ他にも見落とした所見はないかと丹念に解剖を続けたのだった……。

五章　闇から伸びる手

　駐在所の奥から引っ張り出してきた、古ぼけてはいるが新品の黒板の前で、エドワーズ警部は唸った。

　黒板には、ウィルフレッドの几帳面《きちょうめん》な字体でびっしりと解剖所見が書き込まれている。

太い腕を組み、視線を上から下へと忙しく動かして所見を追いながら、エドワーズは言った。

「むむむ……」

「後頭部に打撲、首に絞め痕、そしてケツの穴からアヘンの詰まった袋……。見てくれは地味なくせに、解剖所見はやたら派手な野郎だぜ」

　盛大に舌打ちして、エドワーズはどっかと椅子に腰を下ろした。ウィルフレッドは、軽く窘めるような口調で言葉を返す。

「まあ、死人を鞭《むち》打つようなことを言ってやるな、エドワーズ。で、そっちはどうなんだ？

何か、新たな手がかりは見つかったか?」

小さなテーブルを挟み、並んで座ったウィルフレッドとハルの顔を見比べながら、エドワーズは仏頂面で言った。

「先生が解剖してる間に、とりあえず宿の奴らに聞き込みをしてきたんだが……。あんたたちみたいにあの小島を借り切る客が、月に何組かはいるらしい。で、何もない島に半日置き去りにするわけだから、支配人は、暇つぶしにと必ず洞窟のことを教えるらしい。で、実際、みんな探険気分で、けっこう見物に行くらしいんだな。だが、あの洞窟で不審者や焚き火の跡を見つけたって話は、これまで一度もなかったそうだ」

ハルは、エドワーズの部下が持ってきてくれた薄甘いココナツジュースを飲みながら首を傾げた。

「ってことは、あの男、初めて洞窟に来て……そんで、殺されたってこと?」

「と見るのが順当だろうな。あのケツに隠したアヘンを誰かと闇取引するつもりだったか、あるいは……」

「あるいは?」

ウィルフレッドとハルが同時に問いかける。「仲がいいこって」と苦笑いしながら、エドワーズは答えた。

「ありがちなパターンとしては、どこかの組織から、金ほしさにアヘンを盗んで逃げたって奴だな。それなら、あんな無人島まで逃げてきて、洞窟に隠れた理由もわかる」

「だけどあの男、どうやってあの島まで行ったんだよ？　足跡とかボートとか、見つかったのか？」

「いや。細かくてサラサラした砂だからな。残念ながら足跡は見つからなかった。もし誰かが歩いていたとしても、波と風がたちまち足跡を消しちまったんだろう。ボートや筏《いかだ》の類《たぐい》も見つからなかった」

「じゃあ、どうやってあの島まで……？」

「だが支配人に聞いたところじゃ、セイト島と小島の間の潮の流れは緩やかで、泳いで行き来することは十分に可能だそうだ。ま、もっとも、南の海だけにサメも多いらしいけどな。そこは運試しって奴だ」

「サメッ⁉」

　まだ本物は見たことがないが、幼い頃、孤児院で「人食いザメの恐怖」というシュールなイラスト入りの本を読んだことがあるハルは、悲鳴に似た声を上げて、ウィルフレッドを見た。

「ちょ……あの海、サメなんかいたのかよ！　聞いてないぞ！　そんなとこで俺たち……その、あんな」

　しかしウィルフレッドは、極めて冷静に言い返した。

「大丈夫だ。サメはどこの海にもいる。それにたとえサメとて、俺たちの邪魔をするほど無粋ではあるまい。きっと、相手を選んで襲っている」

「んなわけあるかよ！　あんたの冗談って、どうしてそう変なタイミングでぽこっと出てくるわけ⁉」

涼しい顔でとぼけるウィルフレッドに、ハルは思わず食い下がる。そんな仲睦まじい二人に、エドワーズは呆れ顔で頭を掻いた。

「いや、サメはこの際どうでもいいんだがな、お二人さん。俺の……事件の話を続けていいか？」

「……ああ、失礼。是非続けてくれ、警部」

さすがのウィルフレッドも、若干恥ずかしそうにこめかみを押さえる。エドワーズはわざとらしい咳払いしてから話を再開した。

「つまりあの男は、どっかからセイト島を経由して、あの小島へ泳いで渡ったと考えるのが妥当だ。あんたが書いてくれた発見時の検死報告書を見ると、あの男はマーキス人の可能性が高い……そうだな？」

ウィルフレッドは真顔に戻って頷く。

「ああ。肌の色は不健康に黒ずんでいたが、金髪や青い目、それに彫りの深い顔立ちはマーキス人だと感じた。鼻筋がやや曲線的なのも、マーキス人の特徴だろう」

「なるほどな。……というか、肌が黒ずんでた？　どういうこった」

「肝臓が悪い証拠だ。解剖してみたら、案の定、肝臓がほとんど繊維化して石のように硬くなっていた。おそらく原因は酒だろう。……正直、絞殺されなくても、余命はそう長くなかっただろうな」

「……けっ。だったら、おとなしくベッドの上で死んでくれりゃ、こっちの苦労も減ったんだがな」

　エドワーズは忌々《いまいま》しげに舌打ちする。そんなエドワーズに、ウィルフレッドは落ち着いた口調で言った。

「だが、あの男が誰かに殺害されたというのは、疑いようのない事実だ。これは、殺人事件であり、麻薬の関係した事件でもある。まずは、死体の男の身元を調べ上げる必要がありそうだな」

　エドワーズも、重々しく頷く。

「ああ。さらに面倒なことに、あの男、身分を推定できるようなものは持っていなかったし、衣服もよくある襤褸だ。救いは、発見時に小僧が描いてくれた似顔絵の出来がよさそうなこったな。あれを手がかりに、地道に聞き込みをするしかねえ」

「えっ、あれ？」

　ハルは焦ってエドワーズとウィルフレッドを見比べた。

「でも俺、絵の心得なんかないぜ？　確かに、ウィルフレッドはけっこう特徴を摑んでるって褒めてくれたけどさ……でも、下手だろ？」

「ああいうものは、上手下手ではない。大切なのは、どれだけ本人の顔の印象を的確に捉えるかだ。お前の描いた絵は、立派に似顔絵として通用すると思った。だからこそ、報告書に添付したんだ。今日の、腐敗が進んだ死体の顔では、生前の容貌が上手く想像できないだろうからな」

「そりゃ身内贔屓《みうちびいき》じゃねえんだよな、先生？」

念を押されて、ウィルフレッドはハッキリと頷いた。

「誓って、検死官としての客観的な評価だ」

「よし。だったら、こっちとしても貴重な捜査資料として、小僧の似顔絵を採用する。そうさな、こいつを活版で刷って部下たち一人一人に持たせて、この島とマーキスをくまなく……」

「ちょ、マジで？　だ、大丈夫かな……」

ウィルフレッドに有用だと太鼓判を押されたとはいえ、絵に関してはまったくの素人《しろうと》であるハルは、不安げな顔をする。

そのとき、ブラウン巡査部長が外から捜査本部に戻ってきた。いかにもおずおずと、エドワーズたちのいるテーブルに歩み寄り、タイミングを見はからって上司に声をかける。

「警部どの。男の死体ですが、ウォッシュボーン先生のおっしゃるとおり、衛生面を考えて、この島で荼毘《だび》に付すことにしました。島民たちは、死者が出ると村外れの浜で火葬にするそうなので、今、人を雇ってその場所で準備をさせています。島の神官に簡単な葬儀をしてもらって、夕方には火葬を始められそうです」

まるでさまにならない敬礼をして、ブラウンは報告した。エドワーズは、投げやりに返事をする。

「それぁお前に任せた。上手くやれ。ああ腐っちまっちゃ、たとえ身内が見つかっても確認作業は無理だ。どうせ共同墓地に放り込まれるのがオチだろうし、骨だけにしといてやったほうが、墓掘り人足の手間も省けるってもんだろう。……いい似顔絵があるから、身元捜査には不自由しねえしな」

そう言ってエドワーズがぴらぴらさせた似顔絵を目にして、ブラウンはハッとした。

「あ……」

「なんだ？　どうした」

そうした微妙な表情の変化を見逃さないあたり、さすが鬼刑事である。ジロリと部下を睨みつけ、エドワーズはドスの利いた声で訊ねた。たちまち、ブラウンは目に見えて竦み上がる。

「いえっ、あの！　あの、ちょっと……」

「だからなんだ！」

両手の指をアワアワと動かしながら、ブラウンは上司の掲げた似顔絵を覗き込んだ。そして、盛んに首を捻る。

「この男……もしかして、あ、でも、そうじゃないかも、うーん……？」

ハッキリしない部下の態度に焦《じ》れて、エドワーズはイライラと追及した。

「どういうこった。お前、この男に見覚えがあんのか？　知り合いか？」

エリートでありながら、捜査の現場を学びたいとエドワーズの下で働くことをみずから志願したブラウンを、見かけによらず骨のある奴だと評価してはいるものの、その弱気な物腰にはどうにも我慢ならないらしい。

怯えて青ざめ、ブラウンは口ごもりながら答えた。

「す、すみません！　あの、実はその男について、もしかしたらと思い当たることがありまして……ですね。ただ、気のせいかもしれないんで、言わないほうがいいんじゃないかと思ったりもするんですが」

ついに堪忍袋の緒が切れたエドワーズは、大きな拳《こぶし》でドンとテーブルを叩いた。

「うるさい！　そういう判断は俺がする。お前はなんでも包み隠さず、かつ簡潔に報告しろッ！」

「は、はいっ」

ブラウンは直立不動になり、彼にしてはせいいっぱいの大声で言った。

「その男、三年前、僕が逮捕した男に非常に似ているように思うのですっ」

「なんだと!? む、三年前ってこたぁ、お前が俺の部下になったばかりの頃か?」

エドワーズは目を剝き、ウィルフレッドとハルは顔を見合わせた。ブラウンは、似顔絵をチラチラと見ながら、震え気味の声で言いつのる。

「はい。確か、オールドタウンで深夜、金物屋にナイフを持って押し入ったのがその男だったと……。結局、店主に返り討ちにあい、ボコボコに殴られて取り押さえられたところに僕が駆けつけたので、逮捕したときには縄でグルグル巻きになっていて、なんの苦労もなかったんですけど」

「それで、俺もこいつのツラに見覚えがあったのかもな。こそ泥は星の数ほどいるから、詳しくはさすがに覚えてねえが。……ってか、お前、そんな小せえ事件のことをよく覚えてたな」

「僕が初めて逮捕した男ですから」

エドワーズは、小馬鹿にしたように鼻を鳴らした。

「人生の記念ってやつか。お坊ちゃんはさすがに優雅だな。……で? そのこそ泥は、いったい何を盗んだんだ?」

上司に嘲《あざけ》られたブラウンは、少し悲しげに眉尻を下げ、けれど必死で記憶をたぐりながら

答えた。

「確か、金だらいを」

「金だらい⁉」

今度は、他の三人の声が綺麗に重なる。ブラウンは、気の毒そうに頷いた。

「生まれたばかりの子供が、熱を出したとかで。医者にかかる金も薬を買う金もないので、せめて金だらいに水を張って全身を浸けてやれば、少しは楽になるんじゃないかと思った。……そう供述していたのを覚えてます」

「薬どころか、金だらいを買う金も、なかったんだ。だからその人、盗みに入ったんだよな。子供のために」

「…………」

ハルはボソリと言った。二人の大人たちも、言葉を失う。三人とも、元は貧しい育ちである。そうした男の追いつめられた心情は、痛いほどわかるのだ。

「それで、その赤ん坊はどうなったの？」

ハルに問われ、ブラウンは曖昧に首を捻った。

「さあ。それは僕の仕事の範囲外だからね。ちょっとわからない。ただ、男は窃盗罪で二週間ほど牢に入ってたんじゃないかな。釈放の日に、奥さんらしき女性が一人で迎えに来てたのをうっすら覚えてる」

「奥さんが……一人……」

生まれたばかりの子供を家に置いて外出する母親はそういない。きっと赤ん坊は死んだのだろうと察して、ハルは唇を噛んだ。

ブラウンがあっけらかんと答えたのは、彼が恵まれた境遇で育ち、貧しさというものを知らないからであって、悪意など欠片もないのだと理解することはできる。けれど、どうにも腹が立って、テーブルの下でハルは拳を握りしめた。そんな少年を宥めるように、ウィルフレッドはその震える拳に、自分の大きな手をそっと重ねる。

エドワーズも、やるせない口ぶりで、自分に言い聞かせるように言った。

「ま、そういう奴らは、オールドタウンには腐るほどいる。いちいち同情してちゃ、お巡りはやってらんねえ。……それに現時点では、その男が死体の男と同一人物と決まったわけじゃないしな。おい、ブラウン。そいつの名前は？」

「そ……そこまでは、ちょっと。ですが、署に戻って書類を見れば、すぐわかります」

「ちっ、しょうがねえな。……しかし、今のところ、頼れるのはお前の記憶だけだ。大いに当てにさせてもらうとするか」

しばらく腕組みして考えていたエドワーズは、ほどなく捜査方針を決定したらしく、迷いのない野太い声で言った。

「よし。とりあえず連れてきた部下の半分以上は、こっちに残す。悪いが、ブラウン。俺は

お前の記憶力をそこまで信用してないんでな。男の足取りを追う意味でも、似顔絵を持たせて、島じゅうを当たって歩かせる。指揮は、デンゼルに任せることにしよう。あいつぁ、てめえで考える力は今ひとつだが、言われたことをやり遂げる根性は人一倍あるからな」

「はい。いい人選だと思います」

「偉そうに褒めてんじゃねえよ、馬鹿。ブラウン、お前は俺と一緒にマーキスに戻って、死体の男が金だらい泥棒かどうか、確かめろ。あとは……そうだな。セイト島との緊急連絡手段としては、気が進まねえが鳩《はと》を使うとしよう」

「鳩って、伝書鳩⁉」

ハルはこれまた本でしか読んだことのない、彼にとっては「伝説の動物」の名を耳にして、声を弾ませる。エドワーズは、苦笑いで頷いた。

「おう。一応、こういう離島と速やかに連絡を取り合えるように、マーキス警察にゃ、伝書鳩を訓練する専門の人間がいるんだ。あの平和ボケした巡査は、そんなことも知らなかったようだがな」

「へえ。凄いじゃん。鳩が足に手紙を括《くく》りつけて運んでくれるんだろ？　格好いいよな。なんで気が進まないのさ？」

「ここは奴らには暑すぎて、戻ってこられねえ鳩が必ず出てくるからだ。あいつらは、なんの褒美もなくても、命がけで飛びやがるからな。さすがに不憫《ふびん》になる」

部下には厳しいエドワーズだが、動物には甘い一面もあるらしい。照れくさそうに顔を歪《ゆが》めてそんなことを言うと、速やかに話題を変えた。

「で、先生と小僧はどうする？　こっちに残って、旅行の続きをやるか？　いいぜ、今回は色々と迷惑をかけたからな。マーキス警察だって、三日や四日の宿代は詫びとして喜んで出すだろうよ」

ハルは嬉しそうな顔をしたが、ウィルフレッドはそれを即座に却下した。

「そういうなれ合いは好きではない。だいたい、そこの黒板に書いたように、死体の口の中には、おそらく死の直前に食いちぎった殺人者とおぼしき人物の服と身体の一部が入っていた。容疑者が見つかったとき、その身体に酷い噛み痕がないかどうか調べるのも、検死官たる俺の仕事だろう。まだ、この事件と縁が切れたわけではないぞ」

「……それもそうか。じゃあ、あんたたちもマーキスに戻るか？　一応、刑事の義務として、死体が骨になるのを見届けてから……そうだな、明日の朝いちばんに、来た船でマーキスに戻るつもりだが、一緒に乗ってくか？　豪華客船とは比べものにならんお粗末な船だが、あんたと小僧に個室を用意する程度のことはさせてもらうぜ」

ウィルフレッドは頷いた。

「ああ、ではそうさせてもらおう。フライトとキアランも乗せてもらえるか？」

「もちろんだ。じゃあ、話は決まった。お疲れさん。宿に戻ってゆっくり休んでくれ。……

悪いな、小僧」

　あからさまにガッカリしたハルに、エドワーズは立ち上がりながら気の毒そうに声をかける。

「べ……別に！　ウィルフレッドが仕事するなら、俺だって一緒だし！　ウィルフレッドが嫌なもんは、俺だって嫌なんだからなっ！」

　ムキになって言い返すハルに、エドワーズは愉快そうに笑い、ウィルフレッドも微妙に嬉しそうな顔をした……。


　その夜。

「……ぶっ」

　宿のベッドの中で、自宅にいるときと同じように持参した本を読んでいたウィルフレッドは、寝支度を整えて寝室に入ってきたハルの姿を目にした途端、思わず噴き出した。純白の足首まであるシンプルな寝間着を身につけたハルは、たちまちふくれっ面になる。

「やっぱ笑うよな。いや、あんたは絶対笑うだろうとは思ってたんだけど、マジで笑われるとちょっとムカツク！」

　そんな不平を言いつつも、ハルはウィルフレッドの傍らにゴソゴソと潜り込む。ハルのうなじで一つに結んだ長い黒髪には、真っ白の可愛らしい花が一輪差してあり、それがウィルフレッドを笑わせたのだった。

ウィルフレッドは読みかけの本を傍らに置き、まだおかしそうにハルに訊ねた。

「すまん。だがこれから眠るというのに、いったいどうしたんだ、その花は」

ハルはふくれっ面で答えた。

「キアランがさあ、昼間は仕事三昧で色気の欠片もなかったんだろうし、明日の朝にはマーキスに帰っちゃうんだから、せめて今夜くらい旅行気分でロマンチックに過ごせって。で、無理矢理、この花を差された」

「な……る、ほど。確かに似合ってはいるが、なんというか……ロマンチック……かどうかは、さっぱりわからんな」

「俺にもわかんないよ！　ああもういい、こんなの取ってや……」

癇癪《かんしやく》を起こして花を抜き捨てようとするハルの手首をすんでのところで摑んで制止し、ウィルフレッドは小さくかぶりを振った。

「似合わないとは言っていない。抜く必要はないだろう」

「だって！」

「黒髪には、白い花がよく映える。意表を突かれてつい笑ったが、決して滑稽なわけではない。よく似合っているぞ」

ウィルフレッドはそう言ってハルの手を放すと、その手で艶やかな黒髪を撫でた。

あまり自分の身なりに構わないハルだが、キアランが世話係について、せっせと磨きをかけるようになってから、髪も肌も艶が増した。しかも、奥方ぶりが身につくにつれ、無邪気な中にも時折ほんのり色っぽい表情を見せるようになり、そのたびウィルフレッドはドキリとさせられるのだ。

「ほ……ホントかよ」

はにかんで俯いた首筋の細さに、ウィルフレッドの男の本能が刺激される。彼はハルの小さな肩を抱き、その耳元で囁いた。

「俺がお前に嘘を言ったことが？」

「ない……けど」

「ならば、真実だ。キアランの見立ては、ときに俺の好みよりいくぶん派手すぎるが、今夜の選択は素晴らしい。お前の愛らしさを、素朴で可憐な花がよく引き立てている」

「も……もう、いい」

おそらくは無自覚に、かつ真摯《しんし》に甘やかな言葉を連発するウィルフレッドを、ハルは真っ赤になって制止した。

幼い頃から、金髪碧眼《へきがん》のマーキス人と明らかに違う黒髪と象牙色の肌を、不気味だ、不吉だと貶《けな》され続けてきたハルだけに、自分の容貌を褒められることにはまったく慣れていないのだ。

「では、信じるか?」

「信じる。信じるから!」

ハルは、熱くなった頬をウィルフレッドのたくましい胸元に擦り寄せる。ウィルフレッドは、ハルの華奢《きやしや》な身体をすっぽりと抱き込み、綺麗に巻いたつむじのあたりにキスを落とした。

「そういえば、せっかく人生の伴侶となったことを記念してきた旅なのに、あの日のことを思い出すのをすっかり忘れていた」

「あの日?」

ハルはまだ恥ずかしそうに視線を上げる。ウィルフレッドは、いつになっても初々しさを失わない恋人に、鋭い目を細めた。

「『帯の儀』を挙げたときのことだ。あの日もお前は、髪に白い花を飾っていただろう」

「あ……う、うん。あれも、キアランが用意してくれてたんだ」

「あの日のお前は、本当に輝いていたな。無論、お前はいつでも愛らしいが、あの日は神々しいほどだった」

「え……いや、う……」

照れて頭頂部から湯気を噴かんばかりのハルにはお構いなしに、ウィルフレッドは遠い日をして滔々《とうとう》と語り続ける。

「最初は、市議会議長の心尽くしとはいえ、披露宴など煩わしいと正直思っていた。だが当日になってみれば、俺の伴侶はこれほどまでに美しいのだと皆に披露することができて、実に誇らしかった」

「……あ……んた、だって」

「うん？」

羞恥で死にそうになりながらも、ハルは正直に言った。

「あんただって、普段はすげえ地味な服装してるから、真っ白な服着て、凄く格好よかったよ」

「……本当か？」

ウィルフレッドの暗青色の瞳が、嬉しそうに和む。ハルは、まだ火照った顔のままでこくりと頷いた。

「俺だって、あんたに嘘はつかないだろ。北の国の人って色が白いし、目だって綺麗なブルーだし、髪も銀色だし……白い服着てたら、神様みたいだと思った」

「……それはいくらなんでも大袈裟だろう」

「ホントだよ。あんたは気づいてなかっただろうけどさ、披露宴で俺たちが踊ってたときも、会場にいた女の人たちの目、あんたに釘づけだった。ガキっぽいのはわかってるけど、俺も、すっげー自慢したかったよ！　あんたたちがうっとり見てるその男は、今日からずっと、俺だけのもんなんだぞって」

「ハル……」

滅多に睦言は言わないハルの思わぬ告白に、ウィルフレッドは目を見張る。ハルは照れてウィルフレッドの寝間着に頬を押し当てたまま、ボソボソと言葉を継いだ。

「でもさ。あんたには、もっと格好いいときがある。俺にとっていちばん格好いいあんたは、解剖してる姿なんだ」

「！」

ハルの肩を抱くウィルフレッドの指が、驚きにピクリと震える。

「解剖中の俺が……か？」

「うん。見てくれがどうこうって話じゃないぞ？　解剖中のあんたって、周りの空気がピリピリするくらい張りつめた雰囲気で、顔つきが鷹《たか》みたいに鋭くて、動きも無駄がなくて素早くてさ。もう、刃物持ってるあんた自身が、とびきり冴《さ》えた刃物みたいで……とにかく、凄く格好いい。今日の昼間も、ついうっとりしちゃってやばかった」

ウィルフレッドは呆然《ぼうぜん》として呟いた。

「……お前が、解剖中の俺をそんな目で見ていたとは知らなかった」

「あっ、でももちろん、仕事は真剣にやってる！　それは誓って……」

「わかっている。……俺は怒ったんじゃない。嬉しかったんだ」

そう言って、ウィルフレッドは微笑んだ。

「嬉しかった？　俺が解剖中、ぼんやりしちゃってたことが？」

「それは確かに、検死官としては叱らなくてはならないことかもしれないが……今、お前の傍にいるのは、伴侶としての俺だ。誰より愛する人間に見とれられていたと知って、喜ばないわけがない」

そう言って頬にキスされ、ハルはくすぐったそうに笑った。

「そっか。……だよな。俺たち、あんなことはあったけど、明日の朝までは記念旅行中なんだもんな」

「ああ」

頷くウィルフレッドに身を委《ゆだ》ね、ハルは悪戯っぽく笑った。ウィルフレッドは、訝しげにそんなハルの顔を覗き込む。

「どうした？」

「あのさ。さっき、髪を梳《と》かしてもらいながら聞いたんだけど」

「うん？」

「俺たちが現場検証だ解剖だってバタバタしてる間、キアランはフライトと仲良くしてたんだってさ」

秘密めかしてそんなことを言うハルに、ウィルフレッドの暗青色の目がわずかに見開かれる。

「仲良く？」

「うん。俺たちが無事で安心したし、こんな素敵な島に来ちゃったんだから、そういう雰囲気になっちゃうよねって、キアラン笑ってた」

「なるほど……。そういう『仲良く』か。あいつららしいな。……まあ、俺たちのことで大いに心配をかけたんだ。その程度の羽目の外し方は、大目に見るさ」

ウィルフレッドは苦笑いする。ハルも笑って頷いた。

「だよな。あの二人はいつでもどこでも熱々だし……それにフライトと仲良くしたあとはさ、キアラン、いつもよりうんと機嫌いいんだ」

「キアランは、いつもにこやかだろう？　お前の前では違うのか？」

「そうだけど、いつもよりずっと……それこそ、お日様みたいにキラキラしてるんだよ。キアランはあんなに自信たっぷりなのに、それでも好きな人に愛されるのがそんなに嬉しいんだなって、俺もなんだか胸が温かくなる」

本当に嬉しそうな笑顔でそう言うハルの長い髪を撫でながら、ウィルフレッドはぽつりと言った。

「そういえば、フライトもさっき、心なしか浮かれていたな」

「ホントかよ？」

「ああ。ポーカーフェイスを装っていても、長いつきあいだ。なんとなくわかる。……だが、あいつに言わせれば、俺もそうらしい」

「えっ？　ど、どういうこと？」

「お前と『仲良く』したあとは、俺もずいぶんと上機嫌だと言われたことがある」

「ウィルフレッドが……？」

「自分では心底信じたくないが……風呂の中、しかもフライトの前で、鼻歌を歌っていたことがあるそうだ」

「ぶッ」

意外すぎる告白に、今度はハルが勢いよく噴き出す。ウィルフレッドは途端に憮然とした面持ちになった。

「人のことを言えた義理ではないが、ずいぶんな反応だな」

「ご、ごめ……でも、あんたが鼻歌？　どんな歌を歌ってんの、いったい」

「知らん。フライトは、これまで一度も聴いたことがない歌だと言っていたから、郷里の古い歌なのかもしれん」

「そ、そっか。でも……あんたが鼻歌歌うほど浮かれてるとこなんて……想像できな……っ、あはは、はははは」

「おい、笑いすぎだぞ」

「だ、だって、あははははっ」

「こら！」

「わっ、ふは、はは……んむっ」

ゲラゲラと笑い続けるハルを、ウィルフレッドはムッとした顔でベッドに押し倒した。そして、それでもまだ笑っているハルの口を、深いキスで有無を言わさず塞《ふさ》いでしまう。

「んっ……う、ふ、ぅん……っ」

不意のキスに笑い声を奪われただけでなく、咄嗟に息継ぎすら上手くできず、ハルは鼻にかかった甘い声を漏らした。のしかかってくるウィルフレッドの身体の重みと温《ぬく》もりを感じつつ、広い背中に両腕を回す。ハルの髪から落ちた花が、シーツの上に花びらを散らした。

「んっ……は」

ウィルフレッドの舌が自分の舌に絡みつくねっとりした感触に、ハルの腰がぞくりと痺れる。まるで下腹で熱を帯びるものを愛撫されるときのような舌の動きが、キスだけでハルを煽り、息苦しさと興奮で黒い瞳を潤ませる。

長い長い口づけを終えて唇をわずかに離したとき、ハルは、とろんとした目で至近距離にあるウィルフレッドを見上げていた。

「ど……し、て」

「何が」

欲望に掠れた声で、ウィルフレッドは問いかける。ハルは、不思議そうにウィルフレッドの精悍《せいかん》な頬を撫でた。

「こんなキス……これまで、されたこと、ない」

ハルがそう言うと、ウィルフレッドはニヤリと笑った。

「近しい人間に助言を求めるのは、お前だけではない」

「えっ？」

途端に、夢見心地だったハルの目に理性の光が戻る。

「ま、まさか、フライトに何か教わったの⁉　俺がキアランに教わったみたく？」

「…………」

この場合、沈黙は何より雄弁な肯定の返事だ。ハルは顔色を変え、ウィルフレッドの寝間着の襟を両手で摑んだ。

「待てよ！　ウィルフレッド、フライトとあんなことしたのかっ？　てか、どっちがどっち⁉」

その詰問に、今度はウィルフレッドがギョッとした顔でハルの唇に指を当てる。

「待て。落ち着け、ハル。いったいどんな想像をしているんだ、お前」

「だって！　そうなんだろ⁉　ひ、酷いよ！　俺がキアランとちょっと……なときには滅茶《めちゃ》苦茶《くちゃ》怒ったくせに、自分もフライトとキスしたり、触ったか触られたかしたんだろっ！　そんなのあんまりだ！」

　かつて、ハルがキアランに「閨《ねや》の手管」を教わり、彼に触れられたことを知って、ウィルフレッドが逆上したことがある。そのときにこっぴどい目に遭った記憶も手伝って、ハルはまさにまなじりを吊《つ》り上げて激怒した。

　だがウィルフレッドは、いかにも愕然《がくぜん》とした様子で言い返した。

「馬鹿な。俺には、フライトとどうこうするような趣味は断じてない！」

「えっ？　じゃあ……」

　ポカンとするハルに、ウィルフレッドは珍しく語調を荒らげた。

「お前が育った孤児院の女神、ネイディーンに誓って、俺はフライトに触れてはいないし、触れさせてもいないぞ。ただ、口頭で助言を乞《こ》うただけだ！　まったく、なんという誤解をするんだ、お前は」

「それって……言葉でコツを教わっただけ……ってこと？」

「まあ、言葉だけでは足らないだろうと、フライトが自分の指と舌で、それなりに実演してみせてはくれたが、それだけだ」

　羞恥のあまり、微妙に視線を逸らしながらウィルフレッドは白状する。ハルは、突沸した怒りがジワジワと安堵と呆れに分解されていくのを感じながら、力なく訊ねた。

「それ……フライトになんて言って、アドバイスをもらったわけ……？」

「その……若いお前を、こんなに年上でカタブツの俺が十分に、かつ末永く満足させてやるにはどうすればいいかと」

「ぶッ！」

二度目の爆笑発作に、ハルは慌てて両手で自分の口を押さえる。ウィルフレッドは、目元を赤らめてハルを睨んだ。

「ハルッ！　俺は本気で……っ」

「ご、ごめ……ありがと、わかってる。き、き、気持ちはすげえ嬉しいよ。でも……」

「でも、なんだ！」

必死で笑いを抑えているために上擦った声で、ハルは言った。

「でもさ。俺、そんなに不満そうに見えたか？　んなこと、全然ないのに」

「……本当か？」

念を押すウィルフレッドの、どこか不安げに揺れる瞳に、ハルの胸がキュンと甘く疼《うず》く。

「当たり前じゃん。確かにさっきのキス、物凄くクラクラしたけど……そんなじゃなくても、あんたに触られたらそれだけで俺、心臓が破れそうにドキドキするよ。あんたは、誰よりも好きな人だから……その人が俺のこと好きでいてくれるって身体で教えてくれるだけで、俺、いつだってどうかなっちゃいそうなのに」

「ハル……」

「あんたは、そうじゃないのかよ?」

「同じだ。俺も」

呻くようにそう言うが早いか、ウィルフレッドは再びハルに覆い被さった。ハルの顔じゅうにキスの雨を降らせながら、寝間着を剝ぎ取り、細い身体を露わにする。ハルもウィルフレッドの寝間着の腰帯を解き、剝き出しになったたくましい胸に手を這わせた。早くも軽く汗ばんだ熱い肌が、ウィルフレッドの興奮をハルに伝える。

「技とかじゃなくて……気持ちをいっぱいいっぱいくれるほうが、俺は嬉し……っ、ん、あっ」

胸の尖りをねっとりと舐められ、ハルは思わず高い声を上げる。同時にいつもより熱を帯びたウィルフレッドの手で敏感な脇腹を撫でられ、細腰が揺れた。その扇情的な動きに、ウィルフレッドの喉が鳴る。

「……こうして二人きりでいるとき、俺の心はどこもかしこもお前ばかりだ。それを証明しよう。そして、お前の身も心も、俺で満たしてしまいたい」

低い声で囁かれ、耳たぶを軽く嚙まれると、ハルは息を詰め、ウィルフレッドにギュッと抱きついた。

今朝、留置所から解放されたばかり、しかも慣れない場所で検死業務に励んだせいで、二人とも身体はくたくたに疲れている。だが疲労すらも、彼らを心身共に高揚させるスパイスとなった。

「ま……え、触らなくていい……なんか今日、感じすぎて……苦し、から、俺。……もう」

直接触れられることなく、ただ全身を愛撫されただけで、ハルの芯《しん》は硬くなり、すでに澄んだ雫《しずく》を滲ませていた。敏感な先端をウィルフレッドの硬い腹壁で擦られ、それだけで弾《はじ》けてしまいそうな危うさに、思わずウィルフレッドの手を拒む。

「……いいのか?」

涙目で頷くハルの目尻にキスをして、ウィルフレッドは、指先にハルの先走りを絡めた。そして濡れた指先を、やや性急に後ろへ滑らせる。

固く閉ざされているはずのそこが、今夜はいつもよりやわらかくウィルフレッドの指を受け入れる。

「んんっ……!」

何度経験しても慣れない違和感にハルは眉根を寄せたが、その顔に苦痛の色はない。それを確かめてから、ウィルフレッドは指を奥へと進めた。

「ん、はっ、ぁ、あ」

ハルの心も体も、ウィルフレッドを強く求めているのだろう。ハルの内壁は常より熱く、繊細な粘膜はすがるようにウィルフレッドの指に絡みつく。指の動きに呼応して吐き出されるハルの声も、甘く掠れている。

言葉で重ねて求めるのが恥ずかしいのだろう。ハルは酸欠の魚のように喘《あえ》ぎながら、すらりとした両脚で、ウィルフレッドの腰をきつく挟み込む。その可愛い催促に煽られ、ウィルフレッドはハルから指を引き抜くと、そこに自分の楔《くさび》をあてがった。熱い切っ先が触れた瞬間、ハルの削《そ》げた腹がビクンと大きく震える。

「ゆっくり……挿《い》れる」

首筋にしがみついてくるハルに誘われるように、ウィルフレッドは腰を進めつつ、ハルのほうに上体を傾けた。互いの顔が近づき、ハルはみずから、ウィルフレッドの唇に嚙みつくようなキスを仕掛けてくる。

「んっ、ぁ……あっ」

労《いたわ》るように、しかし圧倒的な質量を持つものに容赦なく身体の奥底を貫かれ、苦しげに幼い顔を歪めつつも、ハルは唇を離そうとしない。それはまるで、全身でウィルフレッドを感じ、味わおうとしているかのようだった。

「はい……った……?」

ようやくキスをやめ、濡れた唇で問いかけるハルの額や鼻筋にキスを落としながら、ウィルフレッドは囁き返した。

「ああ。不思議だな。お前を抱いているのに……熱いお前に包まれて、俺が抱かれているようでもある」

ふいごのように胸を弾ませながら、夢見るようにウィルフレッドの端整な顔を見上げ、ハルは笑った。

「それが……お互い、同じだけ想《おも》い合ってる証拠……じゃねえの？」

「……なるほど」

愛おしげに笑い返すと、ウィルフレッドは緩やかに腰を突き上げた。

「あっ……う、あ、ああっ……」

最初はゆっくり、けれど徐々に深く強く、ウィルフレッドはハルを穿《うが》つ。いつもはなかなか乱れないウィルフレッドが息を弾ませていることが、ハルには無性に嬉しかった。

「ウィルフレッド……いい……？」

「……お前の言うところの……『どうかなりそう』、だ」

上擦った声でいらえつつ、ウィルフレッドの顔は苦しげに歪む。目前に迫った絶頂を堪《こら》えようとしているのだと悟ったハルは、ウィルフレッドの背中を強く抱いた。

「いい。……俺も、もう……いきそ……ああっ」

言い終わる前に、背骨が折れるほど抱きすくめられ、より深く突き、抉られる。

「はっ、あ、あ、あ……っ」

「……ッ」

急激に上りつめ、欲望のすべてを吐き出すのとほぼ同時に、ハルは身体のいちばん深いと

ころで、ビクビクと震える灼熱を感じる。

「……は……ぁ」

倒れ込んできた重く湿った身体を抱きしめ、ハルは注ぎ込まれた愛情を味わうように、ゆっくりと目を閉じた……。

「なあ。まだ起きてる?」

暗闇の中で呼びかけられ、うとうとしかかっていたウィルフレッドは、重い瞼を無理矢理に開いた。闇に慣れた目に、傍らに横たわり、自分をじっと見つめているハルの瞳がきらりと光って見える。

「かろうじて。……どうした? 眠れないのか? まさか、どこか痛むのか? 調子に乗って、お前に無理をさせたのではないか」

どこまでも心配性の恋人に、ハルは小さく笑ってかぶりを振った。

「違うよ。そうじゃなくて……おねだり、してもいいかな」

「なんだ?」

「こんな贅沢な場所じゃなくていいから、今かかわってる事件が片づいて、あんたがまた休みを取れるときが来たら……。この旅行の続き、ちゃんとしような。楽しかったけど、こんなバタバタした終わり方、やっぱなんかやだし」

ウィルフレッドは笑って頷き、ハルのうなじに太い腕を差し入れた。

「ああ、そうしよう。俺としても、このままでは不完全燃焼だ。次は決して死体など見つけたりせず、完全に仕事を離れ、朝から晩まで共に過ごそう。……その、具体的に何をしようと提案できなくて悪いが」

情事のあとの会話ですら朴念仁《ぼくねんじん》ぶりを発揮するウィルフレッドに、ハルはむしろ楽しげに言った。

「それは、そのとき考えればいいじゃん。俺、何もしなくても、ただ一緒にいられるだけで嬉しいよ。美味しいもの食べて、ゆっくり休んで……たくさん喋って、うんとくっついて仲良くして……」

「……すべてが実に魅力的だ」

そう言って、ウィルフレッドはもう汗の引いたハルの額に唇を押し当てた。

「エドワーズは辣腕だ。きっと、今回の事件もすぐに片づくだろう。……そうすれば、即座に借りを返してもらうさ。近いうちに、お前と再び短い旅行に出られるはずだ。次は、いつもの別荘でもいい。お前の望む、『二人きりになれる場所』へ行こう」

「うん」

くすぐったそうに答えて、ハルはウィルフレッドの腕枕《うでまくら》に心地よく頭を預けた。

「明日、もうマーキスに戻らなきゃいけないんだと思うと、寝るのもったいないけど……でも、眠いよな」

「ああ。こうして、お前と話しながら眠りに落ちていくのは、なんとも心地いい」

「俺も。色々とんでもない目に遭ったけど、唯一よかったのは、これまででいちばんたくさん話せたことだよな。……ここに連れてきてくれてありがとう、ウィルフレッド」

心からの感謝を込めて囁き、ウィルフレッドの頬にお休みのキスをしたハルに、ウィルフレッドもキスと共に、眠そうな返事をする。

「……共に来てくれてありがとう、ハル」

そして二人は、検死官とその助手としては一仕事終えた充実感のようなものを感じつつ、安らかな眠りに落ちていった。

しかし、この二人に限って、そうそう物事は平和に解決しない。これから始まる「本当の災難」を前に、彼らは束の間の平和を貪っているに過ぎなかったのだった……。

あとがき

こんにちは、樹野道流です。

まさかの！　まさかの「作る食う」続編をお届けすることができました。私もビックリですが、読者さんもけっこう驚いていらっしゃるのではないでしょうか。

前作「執事の受難と旦那様の秘密」のラストで、「帯の儀」を済ませ、とても幸せそうなウィルフレッドとハルを書くことができたので、これでキリにしなくちゃ駄目かなと、実は密かに寂しく思っておりました。

で、今となってはやや苦い思い出となってしまったわけですが、某社のドラマCD収録中に「続きを書いてもらってもいいですよ」と編集さんが思いがけず言ってくださったときには、本当にとても嬉しかったです。

久しぶりに書いた旦那様は、やっぱりハルが可愛くて仕方がない感じです。まして今回は新婚旅行。旦那様と言えど、多少は浮かれてはっちゃけるんだぜ！　というわけで、わたくし長らくシャレードさんでお仕事をさせていただいておりますが、今回、初の「肌色分が非常に多い口絵」と相成りました。

「メス花」でもなく「いばきょ」でもなく「まんちー」でもなく、「作る食う」で肌色とは、我ながら予想外だったのでビックリでした。旦那様、やるときはやる男です。

そして、フライトとキアランのカップルも、相変わらず華やかです。

彼らが出てくると、地味な主役カップルを差し置いて、美味しいところを根こそぎ持っていこうとするので、いつも「自重！」と引き留める羽目になります。

とはいえ、ようやくハルに呼び捨てにされるようになったフライトと、ハルのおつきになったキアラン。そんな二人も、ウィルフレッドに負けず劣らず、ハルのことが好きなようです。

作家なので、自分の書いた物語はどれでも大事ですが、このシリーズはとりわけ愛着の深いものの一つです。今回も、とても楽しんで書いております。この本を手に取ってくださった方々も、私と同じく、ワクワクしながら読んでくださったなら、それ以上の喜びはありません。

では、最後にお世話になった方々にお礼を。

イラストを担当してくださっている金ひかるさん。もうもうもうもう、ラフをいただいてからずっと喜びっぱなしです。イラストの中のウィルフレッドが、ハルと一緒で嬉しくて仕方ない感じが、とても幸せでした。ありがとうございます！

そして、担当Gさんが、異動でこの本を持って担当を外れてしまうことになりました。短いあいだでしたが、たいへんお世話になり、ありがとうございました！


さてさて、事件のほうはまだ着手されたばかり。この先いったいいかなる仕儀になりますか、どうぞ下巻をお楽しみに！

今回は、いつもの面々による巻末座談会をご用意いたしました。それを読みながら、しばしのあいだ、お待ちいただけますと幸いです。では、下巻でお目にかかるまで、皆様健やかにお過ごしください。ごきげんよう。

椹野　道流　九拝

下巻のための巻末座談会
（ハル＝ハ　フライト＝フ　ウィルフレッド＝ウ　キアラン＝キ　でお送りしております）

ハ　うーん。どうしたもんかなあ……。

フ　どうなさいました、ハル様？

ハ　いやさ、お客さんを下巻発売まで待たせる分、巻末で喋って場を繋げって言われたんだけど。

フ　ええ、さように伺っております。

ハ　俺、てっきりウィルフレッドと二人とか、キアランと二人とか、そういう組み合わせだと思ってたんだよね。なんであんたと二人なわけ？

フ　そのあたりの事情は、担当編集が「意外な組み合わせがいいんじゃないですか」と作家に提案をしたと聞き及んでおりますが……。まあ、旦那様がハル様をお一人にしておかれるはずもなし、じきにお見えになるでしょう。

ハ　余計な提案するもんだよな、ったく。ていうかフライト、どうして敬語なんだよ。二人だけなんだし、いつもみたく……。

フ　そうは参りません。座談会というのは、公に発表されるものですから。

ハ　うう……そ、そっか。なんか、余計にやりにくいんだけど……まあいいや。じゃあとにかく、今回の上巻について話そうぜ。どこから行く？

フ　そうですね。まずは下巻発売時、上巻の内容を思い出したい読者様のために、ここで上巻のあらすじを語っておくというのは如何でしょう。

ハ　あ、それいい。えっと……。かいつまむと、俺とウィルフレッドが新婚旅行に行くことになって、南の島のすっごく豪華な宿に泊まって……。

フ　二人きりになるべく、小島を半日貸切にしたり、海中でことに及ばれたり、お二方にしてはずいぶんと張りきった蜜月ぶりだと感心しておりましたのも束の間、迂闊に洞窟になどお入りになり、またそこでうかうかと死体など発見なさったせいで事態は急転、お二方は不審人物として留置所に拘留されることとなりました。

ハ　ちょい待ち！　な、なんだよその悪意に溢れた要約はっ。だいたい、あらすじなんだから、海の中で云々とかはいいだろ！　省けよ！

フ　いえ、堅物なお二方にしては、破格の行動だったと感動いたしましたよ。ここは一つ、重要ポイントとして読者様にも思い出していただくべきかと存じまして。

ハ　忘れていいから！　フライトも！　みんなも！　あ、あ、あれはちょっとこう、雰囲気に流されてっていうか、妙に盛り上がってってっていうか、そういうことでこう……こう！

フ　よろしいではありませんか。わたしも、いつかキアランとあの小島へ行ってみたいと、過ぎた夢を抱いてしまいそうになりましたよ。

キ　なになに？　僕と小島で何をするって？　とりあえず、日焼けするようなことはゴメンだよ……っと、いけない。座談会だから、おしとやかな僕じゃないといけないんだっけ……ご機嫌麗しゅう、皆様。

ハ　今さら遅いって。あ、ウィルフレッドも来たんだ。仕事いいのか？

ウ　皆が楽しそうに語らっているときに、一人で仕事に励むのは孤独に過ぎるだろう。で、話はどこまで進んだんだ？

ハ　俺たちが留置所にぶち込まれたってとこまで。

キ　あ、そうだ。途中、気になったんだけど……。旦那様とハルが留置所で食べさせられてた食事。「焼いた魚をパンに挟んだやつ」ってのは、いったいどういう食べ物なの？

ハ　言葉のとおりだよ。なあ、ウィルフレッド。

ウ　ああ。鯖を皮が軽く焦げるくらい威勢よく焼いたものにレモンを絞り、口の中が切れるほど皮の硬いパンに挟んだものだった。素晴らしく美味ではなかったが、十分食べるに値する味だったぞ。

ハ　そうそう。パンが硬いから、とにかく平らげるのに時間がかかってさ。水飲みながら、小一時間かけて食ってた。

キ　うわあ……。もうその話だけで、僕なんかは我慢できないな。
ハ　キアランは贅沢なんだよ。俺とウィルフレッドは、食えればなんでもいいし。
キ　ついでに、二人でいればどこでもいい……んだろ？　ホント、照れ屋なくせに堂々とのろけるよね、ご両人。
ハ　べ、べ、別にのろけてなんか……っ（赤面）。
ウ　本当のことだ。……それはともかく、我々への疑いはすぐに晴れたものの、死体を解剖した結果、体内にアヘンを隠していたことが発覚し、事態は一気に緊迫の度を増した。
ハ　あ、律儀に最後まで要約した！　そうそう、下巻ではきっと、死体の男の身元が判明して、アヘンの闇取引ルートが解明……されちゃったりするのかな？
ウ　そうでなければ、我々が貴重な休暇を潰された甲斐がないだろう。まあ、検死官の仕事はそう多くあるまい。事件の解決はエドワーズに任せて……。
ハ　俺たちは新婚旅行の続き！　だよなっ。
ウ　ああ。その日が待ち遠しいな。
キ　あーはいはい、どうぞ末永くその調子で仲良くなさってくださいませっ。……とはいえ、ホントにそんなに簡単に事件が片づくと思うかい、ジャスティン？
フ　お二方のためにはそうであってほしいと念じているが……。
キ　そう世の中は甘くないよねえ。……ま、僕らだって、このままじゃ南の島まで行って、慌ただしく色っぽいことして帰ってきただけの人たちになっちゃうし。下巻では、是非ともひと暴れしたいところだよ。鋭い得物を手に戦う、優美な僕の姿をご披露しなくちゃ。ああ、腕が鳴るなあ。

ハ　こらー！　あんま物騒なこと言うなよな。あくまでも主役は俺たちなんだしっ。

ウ　まあ、俺は地道に検死業務に勤しみ、あとはひたすらにハルを慈しむのみだ。派手なものを俺に求められても困る。

ハ　ウィルフレッド……。

フ　ご安心ください、旦那様。ハル様への睦言の破壊力は、かなりのものと推察いたします。

ウ　破壊力……？　俺がいったい何を破壊したと……？

フ　いえ、なんでもございませんよ。……とにかく、お二方ともご無事で下巻を乗り切ってくださいますよう、切にお願い申し上げ、そして、読者の皆様がたも、どうぞ下巻を楽しみにお待ちくださいますよう。この座談会の締めとさせていただき……。

ハ　ちょ！　そういうの、主役の俺たちが言うんじゃないのかよ！　うわ、美味しいとこはフライトとキアランが全部持っていったーっ！

（ハルが地団駄を踏む音を聞きながら、お開きに……）

椹野道流先生、金ひかる先生へのお便り、
本作品に関するご意見、ご感想などは
〒101-8405
東京都千代田区三崎町2-18-11
二見書房　シャレード文庫
「新婚旅行と旦那様の憂鬱」係まで。

本作品は書き下ろしです

CHARADE BUNKO

新婚旅行《しんこんりょこう》と旦那様《だんなさま》の憂鬱《ゆううつ》〈上〉

【著者】椹野道流《ふしのみちる》

【発行所】株式会社二見書房
東京都千代田区三崎町2-18-11
電話　03(3515)2311［営業］
　　　03(3515)2314［編集］
振替　00170-4-2639
【印刷】株式会社堀内印刷所
【製本】ナショナル製本協同組合

落丁・乱丁本はお取り替えいたします。
定価は、カバーに表示してあります。

ISBN978-4-576-11022-6

http://charade.futami.co.jp/

CHARADE BUNKO

スタイリッシュ&スウィートな男たちの恋満載

椹野道流の本

近世ヨーロッパ風港町で巻き起こる事件と恋の嵐！

作る少年、食う男

イラスト＝金 ひかる

検死官・ウィルフレッドは孤児院出身の男娼、ハルに初めて知る感情、〝愛しさ〟を感じるようになるが…

院長殺害容疑で逮捕された執事フライトの真意は…!?

執事の受難と旦那様の秘密〈上〉

イラスト＝金 ひかる

ウィルフレッドの助手兼恋人になり幸せを噛みしめるハル。そんな中、彼がいた孤児院の院長が殺害され…

院長殺害事件解決編！事件の陰にハルの出生の秘密!?

執事の受難と旦那様の秘密〈下〉

イラスト＝金 ひかる

執事・フライトからある伝言を託されたウィルフレッド。そんな折、ハルが何者かに命を狙われ…

CHARADE BUNKO

スタイリッシュ＆スウィートな男たちの恋満載
椹野道流の本

隠れS系売店員×純情耳鼻咽喉科医の院内ラブ♥
茨木さんと京橋君 1・2
イラスト＝草間さかえ

K医大附属病院の耳鼻咽喉科医・京橋は、病院の売店で働く茨木と職場の友人から恋人へと関係を深めていく。穏やかな愛情に満たされていた京橋だが、茨木の秘密主義が気になり始め…。

亭主関白受けとヘタレわんこ攻めの、究極のご奉仕愛！
楢崎先生とまんじ君 1・2
イラスト＝草間さかえ

万次郎が出会った、理想のパーツをすべて備えた内科医・楢崎。泣きながら押し倒させてもらい、強引に同居に持ち込んだ。「恋人」とは呼べぬまま、それでも食事に洗濯、掃除と尽くす日々だが…。